이름을 훔치는 그림자

이름을 훔치는 그림자

이성엽 지음

머리말

기억의 무게, 이름의 빛

우리는 살아가며 하루에도 수십 번, 아니 어쩌면 수백 번의 이름을 부른다.

아침 등굣길에서 친구의 이름을 부르고, 집에 돌아와 가족의 이름을 부르고, 때로는 휴대전화 주소록 속에서, 혹은 메신저 화면 속에서 이름을 누른다. 이름 하나에 웃음이 깃들고, 이름 하나에 서운함이나 원망이 쌓인다. 이름은 단순히 소리를 내는 행위가 아니다. 그것은 존재를 확인하는 의식이고, 관계를 이어 주는 끈이다. 누군가의 이름을 불러 줄 때 우리는 그 사람이 '여기에 있다'라는 사실을 증명한다.

그렇다면 반대로, 이름이 사라진다면 어떻게 될까? 그 사람의 이름을 부르는 이가 단 한 명도 남지 않는다면, 존재는 어디로 가는 걸까? 실제로 살아 있었던 몸과 목소리는 어디에 두고, 세상은 그렇게 쉽게 잊을 수 있는 걸까? 《이름을 훔치는 그림자》는 바로 이 질문에서 출발한다.

이 소설의 주인공 지훈은 누구보다 이름을 불리고 싶지 않았던 아이였다. 그는 어린 시절부터 상처가 많았다. 이름이 불릴 때마다 친구들의 웃음소리가 뒤따랐고, 기억될수록 조롱이 늘어났다. '정지훈'이라는 세 글자는 교실 안에서 즐거운 장난감처럼 소비되었고, 단체 채팅방의 놀림거리로 돌아다녔다. 그의 이름은 존재의 표식이 아니라, 상처의 낙인처럼 느껴졌다. 지훈은 차라리 아무도 자신을 부르지 않기를, 이 세계에서 지워지기를 바랐다.

그러나 아이러니하게도, 바로 그 지훈이 사라진 이름을 붙잡는 유일한 사람이 된다. 모두의 기억에서 지워진 친구 준서를 홀로 기억하게 되고, 그의 이름을 불러 줄 수 있는 단 한 사람으로 남게 된다. 그것은 단순한 이상 현상이 아니었다. 이름과 기억을 삼키는 존재, 바로 비형(非形)의 힘이 깨어난 것이었다.

비형은 전설 속에 기록된 요괴다. 《조선왕조실록》에도 사라졌다가 잠깐 흔적만 남긴 괴물, 사식주(蛇食蛛)에서 모티프를 얻었다. 그것은 형체 없는 어둠이며, 인간이 의도적으로 잊은 것, 기록에서 지운 것, 부끄러워서 숨긴 것들을 먹고 자라는 존재다. 사라진 이름들의 한(恨)이 모여 생겨난 비형은 사람의 기억을 지워 버리고, 이름을 삼켜 존재 자체를 허물어 버린다.

지훈은 원하지 않았지만, 그 유혹과 마주한다.

"너도 사라지고 싶지 않았느냐? 기억에서 지워지면, 더는 상처받지 않아도 된다."

비형의 속삭임은 지훈의 과거 상처와 정확히 맞닿아 있었다. 한때 그 역시 사라지기를 바랐으니까. 하지만 그는 차츰 깨닫는다. 사라짐은 고통을 없애 주는 것이 아니라, 존재 자체를 부정하는 것이라는 사실을.

지훈은 나영과 함께 동구릉 억새밭에서, 석등과 석호 앞에서, 봉인의 파편인 영탁을 되살리며 싸운다. 그 과정에서 그는 이름이 단순한 부름이 아니라는 사실을 배운다. 이름은 칼이 아니라 끈이다. 누군가의 이름을 기억하고 불러 줄 때, 우리는 그 사람을 다시 이 세계로 묶어 주는 것이다.

이 작품은 단순히 판타지 요괴와의 전투를 그린 이야기가 아니다. 학교폭력, 따돌림, 소외, 상처와 성장이라는 청소년의 현실적인 고민을 신화적 장치와 연결해 풀어낸 철학적 판타지다. 주인공 지훈의 서사는 곧 우리 자신의 질문과 맞닿아 있다.

나는 누구의 이름을 기억하며 살아가고 있는가?

그리고 내 이름을 불러 줄 사람은 누구인가?

우리는 종종 이름을 당연하게 여긴다. 그러나 세상은 언제든 기억을 잃는다. 교실의 자리는 쉽게 채워지고, 명단은 손

쉽게 수정되며, 사진 속 빈칸은 금세 낯선 얼굴로 바뀐다. 그렇게 잊힘은 너무나 자연스럽게 다가온다. 그럴 때 필요한 건 누군가의 끈질긴 목소리다.

'나는 너를 기억한다'라는 외침, 그 목소리가 존재를 지켜 낸다.

지훈은 끝내 자신의 이름을 대가로 내놓는다. 모두의 이름을 지키기 위해 자기 자신을 지운다. 그러나 역설적으로 바로 그 희생이 그를 영원히 남게 만든다. 이름은 기록이기도 하지만, 무엇보다 기억 속에 살아남는다. 나영이 그리고 그 이후 이어지는 사람들의 모임이 그를 부르고, 기록하고, 남긴다. 그렇게 이름은 단절되지 않고 이어진다.

이 소설을 읽는 동안 여러분은 주인공과 함께 억새밭을 지나고, 석등 앞에 불을 밝히며, 잊힌 이름들을 되살려낼 것이다. 그리고 마지막 장을 덮는 순간, 아마도 자기 안의 이름 하나를 새삼스럽게 불러보게 될지 모른다. 그것이 이 이야기가 남기는 가장 깊은 여운일 것이다.

2025년 늦은 가을
동구릉 산책로에서 이성엽

목차

머리말
기억의 무게, 이름의 빛 4

1장

1. 지워진 자리 12
2. 억새의 속삭임 22
3. 흔적과 고독 32
4. 얼굴 없는 혼령 42
5. 영탁의 조각들 56

2장

6. 독각귀의 울음 72
7. 거울 속 균열 84
8. 이름의 선언 96

3장

9. 비형의 정체 106
10. 석등의 불꽃 122
11. 되살아난 돌짐승 132
12. 마지막 이름 144

1. 지워진 자리

아침 공기는 늘 차갑고 축축했다. 창문 너머로 빛이 스며들 무렵, 지훈은 스스로 잠에서 깼다. 식탁 위에는 투명 랩에 덮인 밥그릇과 메모지가 놓여 있었다.

— 아침 꼭 챙겨 먹고 학교 가라. - 엄마

비뚤고 빠르게 눌러 쓴 글씨. 지훈은 그 글씨에서 어머니의 얼굴 대신 새벽 시장의 소음을 떠올렸다. 부모님은 매일 저녁 무렵 집을 나섰다. 동대문 시장, 화려한 불빛과 값싼 옷더미 사이에서 밤새도록 옷을 팔았다. 새벽이 깊어 올쯤에야 두 사람은 지친 몸을 이끌고 돌아왔다. 그 시간, 지훈은 단잠에 빠져 있었기에, 부모님과 마주칠 일은 거의 없었다. 가족이 같은 집에서 산다는 사실만 남아 있을 뿐, 하루의 흐름은 언제나 엇갈려 있었다.

식탁에 앉아 전자레인지에 데운 밥을 입에 넣으면서도, 지훈은 늘 허전함을 느꼈다. 밥맛이 없어서가 아니라, 옆자리에 함께 앉아주는 사람이 없기 때문이었다. 고개를 들어 맞은편 의자를 바라보면, 늘 빈자리였다. 어쩌다 아빠가 눈을 반쯤 감은 채 잠깐 물을 마시는 모습이 전부였다. 지훈은 어릴 때부터 혼자 씻고, 혼자 밥을 먹고, 혼자 숙제하는 게 당연한 일이었다.

이런 공허한 아침이 반복되며 지훈은 어느새 혼자 있는 게 편하다는 생각을 품게 되었다. 하지만 그건 스스로 만든 방패였을 뿐, 사실은 외로움이 굳어져 생긴 껍질이었다.

학교에서도 그는 의도적으로 존재감을 지웠다. 발표할 때면 목소리를 줄였고, 친구들과도 깊게 얽히지 않았다. 그는 투명한 아이가 되고 싶었다. 눈에 띄지 않는다면, 상처받을 일도 없으리라 믿었기 때문이다.

그런 결심은 중학교 시절의 기억에서 비롯되었다. 이유 없는 괴롭힘, 단체 채팅방에서 쏟아지던 소통과 욕설, 복도에서 들리던 웃음소리, 교사마저 모른 척하며 지나쳤던 순간. 그때 느낀 공포와 수치는 아직도 가슴 어딘가에 날카롭게 남아 있었다. 고등학교에 들어와서는 다짐했다. 다시는 그런 일에 휘말리지 말자. 아무와도 가까워지지 말자.

교복을 입고 거울 앞에 섰을 때, 지훈은 자신의 눈동자 속 그림자를 마주했다. 남들과 다를 것 없는 얼굴. 하지만 그는 자신이 이미 세상에서 반쯤 지워진 존재처럼 느껴졌다. 부모와의 대화는 메모지와 밥그릇으로 대신하고, 학교에서는 이름이 불려도 아무도 고개를 돌려보지 않았다.

 현관문을 열고 집을 나섰다. 아파트 복도에서 새어 나오는 음식 냄새, 분주히 달려가는 출근길 사람들의 발소리가 그를 스쳐 갔다. 하지만 지훈은 그 속에 섞이지 않았다. 이어폰을 귀에 꽂고, 아무 소리도 재생하지 않은 채 세상의 소음을 차단하는 흉내를 냈다.
 버스 창문에 비친 그의 얼굴은 무표정했다. 그러나 마음속에서는 작은 목소리가 끊임없이 속삭였다.
 '나는 왜 여기 있는 걸까.'
 학교에 도착해 교문을 통과할 때도, 교실에 들어와 자리에 앉을 때도, 지훈은 사람들의 웃음과 대화를 멀리서 듣는 듯한 기분을 떨칠 수 없었다. 수업이 시작되고 담임선생님이 출석부를 들었다. 이름 하나하나가 교실을 채울 때, 지훈은 손끝을 꼭 움켜쥐었다.
 "정지훈."
 그 이름이 불렸지만, 아무도 고개를 돌리지 않았다. 존재를 확인하는 순간이어야 할 출석은 그저 형식적인 절차였다. 지훈은 천천히 대답했다.
 "네."
 그러나 그의 목소리는 교실의 소음 속에 곧 묻혀버렸다. 마치 처음부터 아무도 듣지 못한 것처럼.

지훈은 고개를 숙이며 생각했다.

'차라리 내 이름도 불리지 않았으면 좋겠다. 지워져도 상관없을 이름이라면, 사라져도 괜찮지 않을까.'

그 순간, 마음속 깊은 곳에서 싸늘한 기운이 스며들었다. 그는 아직 알지 못했다. 곧 '이름이 사라진다는 것'이 어떤 의미인지, 그것이 자신을 어디로 데려갈 것인지. 하지만 분명한 건, 그의 이야기가 이제 막 시작되고 있다는 사실이었다.

저녁 무렵, 교실 불이 꺼지고 아이들이 모두 떠난 뒤에도 지훈은 곧장 집으로 향하지 않았다. 불 꺼진 집, 공기만 가득한 식탁. 그곳으로 들어가면 세상이 자신을 완전히 삼켜버릴 것 같았다. 그래서 발걸음은 늘 그렇듯 골목 끝 작은 피시방으로 향했다.

문을 열자, 컴퓨터 팬 돌아가는 소리와 컵라면 냄새가 한꺼번에 밀려왔다. 낯선 사람들의 키보드 소리가 뒤엉켜 있었지만, 지훈은 그 안에서 오히려 익숙한 고립감을 느꼈다. 사람들 속에 섞여 있으면서도 누구도 자신을 알아보지 않는 곳, 그곳이 지훈에게는 안전한 은신처였다.

그는 모자를 깊게 눌러쓰고, 가장 구석진 자리에 앉았다. 화면에 떠오른 건 게임이 아니라 메신저 창이었다. 무심코 친구 목록을 스크롤 하던 지훈의 손가락이 한 이름 위에서 멈췄다.

중학교 시절, 그를 괴롭히던 아이의 이름이었다. 단체 채팅방에서 쏟아지던 조롱과 욕설이 그대로 떠오르자, 가슴이 답답해졌다.

마우스를 움직이자 '삭제' 버튼이 보였다. 지훈은 잠시 숨을 고르며 화면을 바라봤다. 삭제라는 단어가 유난히 또렷하게 빛났다.

'저 이름을 지워버리면, 그 기억도 같이 사라지지 않을까?'
위험한 상상이 고개를 들었다.

손끝이 떨렸다. 클릭할까, 말까. 순간 손가락이 살짝 눌리며 짧은 문구가 화면에 떴다.

"삭제하시겠습니까?"

짧고 건조한 문장이었지만, 지훈의 심장은 쿵 내려앉았다. 그는 곧바로 '아니오'를 눌렀다. 화면은 다시 원래대로 돌아왔지만, 이미 그의 가슴에는 알 수 없는 전율이 남아 있었다. 마치 실제로 무언가가 사라질 뻔한 것처럼.

그 순간 지훈은 이상한 해방감을 느꼈다. 이름 하나만 지워도 세상에서 그 흔적이 함께 지워질 것 같은 착각. 그러나 동시에, 그 생각이 너무나 두려웠다. 만약 정말 그렇다면? 누군가의 이름을 지운다는 건, 단순한 목록 정리가 아니라 그 존재 자체를 없애는 일이라면?

지훈은 화면을 끄고 의자에 몸을 파묻었다. 피시방 특유의 푸른 불빛이 그의 얼굴을 비추었다. 심장은 아직 빠르게 뛰고 있었다. 그는 무심히 종이컵을 구겨 손안에 쥐며 속으로 중얼거렸다.
'혹시, 정말 사라진다면…… 나는?'

다음 날 아침, 교실은 늘 그렇듯 소란스러웠다. 친구들은 삼삼오오 모여 수다를 늘어놓고, 복도 끝에서는 누군가가 농구공을 튀겼다. 지훈은 가방을 내려놓고 조용히 자리에 앉았다. 그러나 이상하게 눈앞에 펼쳐진 풍경이 낯설게 느껴졌다.
어제까지만 해도 옆자리에 앉아 있던 준서의 모습이 보이지 않았다. 중학교 때부터 뚱뚱하다는 이유로 자신처럼 놀림을 받던 아이, 동병상련의 상처를 함께 가지고 있는 아이, 그래서인지 유일하게 마음을 터놓을 수 있던 친구였다.
준서의 책상 위엔 가방도, 필통도 없었다. 지훈은 무심코 뒷자리 민수에게 물었다.
"야, 준서 오늘 왜 안 왔냐?"
민수는 고개를 갸웃하며 대답했다.
"준서? 그게 누군데?"
지훈은 잠시 말을 잃었다.
"아니, 어제까지 같이 앉아 있었잖아. 몸집 좋고 수학 잘하는 애."
하지만 민수는 장난 같은 표정으로 웃더니 고개를 저었다.
"우리 반에 그런 애 없는데? 너 꿈꿨냐?"

주위에서 웃음소리가 터졌다. 지훈은 얼굴이 달아오르는 걸 느꼈다. 그러나 장난이 아니었다. 분명히 있었다. 분명히…….
그는 수업이 시작되자 출석부를 똑바로 바라봤다. 선생님의 손가락이 한 줄씩 이름을 짚었다. 하지만 준서의 이름은 불리지 않았다. 교실 안에는 아무도 이상해하지 않았다. 지훈 혼자만 심장이 불규칙하게 뛰었다.
쉬는 시간, 그는 교과서를 펼쳤다. 책장 구석, 늘 장난처럼 낙서하던 준서의 글씨를 찾았다. 그러나 그 자리는 깨끗했다. 볼펜으로 파고든 흔적조차 남아 있지 않았다. 지훈은 손끝이 저릿해졌다.
"이럴 리가 없어…….”
모두의 기억 속에서 준서는 이미 존재하지 않았다. 오직 지훈만이 그 이름을 기억하고 있었다.
그러나 기억한다는 건 곧 고통이었다. 증명할 수 없는 기억은 망상으로 치부될 뿐이었다. 아무리 말해도, 아무도 들어주지 않았다. 지훈은 교실 한가운데서 투명한 유리 벽에 갇힌 듯한 기분을 느꼈다. 손을 뻗어도, 아무도 닿지 않았다.
지훈은 두 손으로 머리를 감쌌다. 눈앞이 어지러웠다.
나는 기억한다. 그런데 증거는 없다. 그렇다면…… 진짜 존재했다고 말할 수 있을까?
어제 느꼈던 '삭제의 쾌감'이 떠올랐다. 손끝에 남아 있던 묘한 전율. 그것이 현실이 되어버린 걸까. 차라리 지워졌으면

했던 욕망이, 이제 되돌릴 수 없는 공포가 되어 돌아온 걸까?

지훈은 눈을 감았다. 귓속 깊은 곳에서 바람에 흔들리는 방울 소리가 아주 희미하게 울려오는 듯했다.

석양이 운동장을 붉게 물들이며 천천히 내려앉았다. 하루 종일 이어진 공허한 느낌은 지훈의 발걸음을 무겁게 했다. 교실을 나와 집으로 향하는 길, 아이들의 웃음소리와 떠드는 목소리는 멀리서 들려오는 잡음처럼 느껴졌다. 그는 몇 번이고 고개를 돌려 뒤를 확인했지만, 그 어디에도 준서의 흔적은 없었다. 존재하지 않는 자리를 확인하는 일은 그 자체로 고통이었다.

집에 도착했을 때, 부모님은 매미가 허물을 벗어놓은 듯 고단했던 자국을 이불 위에 남겨놓고, 일터로 바삐 나간 흔적만 남아 있었다. 지훈은 방 한가운데 놓인 책상 앞에 앉았다. 책상 위에 덩그러니 놓인 학생증이 눈에 들어왔다. 투명한 플라스틱 안에 인쇄된 글자, '정지훈' 그 이름은 분명히 존재하고 있었다.

그는 학생증을 손에 들어 빛에 비춰 보았다. 형광등 불빛에 반사된 글자는 순간 반짝이며 살아 있는 듯 보였다. 하지만 그 빛은 곧 사그라들었다.

'만약 이 글자마저 사라진다면, 나는 어떻게 증명될 수 있을까?'

지훈은 천천히 자기 이름을 불러보았다.

"정지훈."

목소리는 방 안 벽에 부딪혔다가 이내 사라졌다. 혼자서 중얼거리는 이름은 금세 허공에 녹아 없어졌다. 이름은 단순히 적혀 있는 문자나, 혼자 되뇌는 소리가 아니었다. 누군가의 입에서 불릴 때, 타인의 기억 속에서 존재할 때 비로소 무게를 갖는 것이었다.

그 생각에 이르자 갑자기 가슴이 서늘하게 굳었다. 만약 부모님조차 내 이름을 잊어버린다면? 선생님도, 친구들도, 세상 누구도 내 이름을 불러 주지 않는다면? 존재란 그토록 쉽게 무너질 수 있는 것일까. 이름이라는 닻이 끊어진다면, 나는 어디로 흘러가게 될까.

그는 손으로 얼굴을 감싸며 깊게 숨을 들이마셨다. 머릿속에 자꾸만 준서의 웃음소리가 겹쳤다. 분명히 존재했지만, 지금은 누구도 기억하지 않는 아이. 그의 이름은 사라졌고, 그와 함께 존재도 사라졌다. 지훈은 자신이 준서의 마지막 목격자라는 사실을 깨달았다. 기억하는 사람이 없으면 존재는 완전히 지워진다. 그 진실은 벼락처럼 그의 가슴을 때렸다.

지훈은 학생증을 더 세게 움켜쥐었다. 단단한 플라스틱이 손바닥을 눌렀다. 그 속의 글자가 유일한 방패 같았다. 하지만 동시에 그는 알았다. 언젠가 이마저 지워질 수 있다는 사실을. 이름을 지켜주는 건 종이도, 플라스틱도 아닌, 살아 있는 사람들의 기억과 목소리라는 걸.

2. 억새의 속삭임

그날 밤, 지훈은 좀처럼 잠들지 못했다. 지훈의 가슴 속에는 여전히 준서의 웃음과 목소리가 생생했다. 어둠 속에서 여러 번 몸을 뒤척이다가, 어느 순간 눈꺼풀이 무거워지는 걸 느꼈다. 잠이 스며드는가 싶더니, 눈앞에 낯선 풍경이 펼쳐졌다.

사방이 억새로 가득한 언덕이었다. 바람이 불 때마다 풀들이 파도처럼 출렁였다. 달빛 아래 은빛으로 빛나는 억새는 아름답기도 했지만, 동시에 차갑고 쓸쓸한 기운을 품고 있었다. 지훈은 천천히 걸음을 옮겼다. 억새 사이를 스치는 소리가 귓가에 가득했다. 그런데 그 속에서, 다른 소리가 섞여 들려왔다. 맑고 짧은 방울 소리. 바람에 흔들리는 풀잎과는 전혀 다른 울림이었다. 순간 가슴이 서늘해졌다.

"누구…… 있어?"

지훈은 무심코 중얼거렸다. 대답은 없었다. 그러나 억새 사이로 뭔가 스쳐 지나가는 그림자가 보였다. 사람의 형체 같았지만, 흐릿하고 불분명했다. 손을 뻗으면 닿을 듯 가까웠다가도, 바람결에 흩어지듯 사라졌다. 지훈은 발걸음을 재촉했지만, 억새는 더 빽빽해져 길을 막았다.

그때, 분명한 목소리가 들렸다.

"이름을…… 불러줘."

속삭임 같기도 하고, 울음 같기도 한 소리, 남자인지 여자인지도 알 수 없었다. 지훈은 숨을 삼켰다. 가슴이 세차게 요동쳤다. 누구의 목소리인지 알 수는 없었지만, 그 목소리는 준서를 떠올리게 했다. 기억 속에 지워진 얼굴, 이제 자신만 붙잡고 있는 이름.

억새가 거세게 흔들리며 길이 열렸다. 그 끝에는 은빛 방울이 달린 작은 석등 같은 것이 있었다. 바람도 없는 순간에 방울은 스스로 흔들리며 소리를 냈다. 그 맑고 차가운 소리는 지훈의 귀를 파고들었다.

"불러줘…… 이름을."

지훈은 몸을 떨며 입술을 달싹였다. 그러나 목소리는 나오지 않았다. 두려움 때문이었는지, 아니면 어떤 힘이 입을 막고 있었는지 알 수 없었다. 억새는 점점 더 크게 흔들리며 마치 그를 삼켜버릴 듯 밀려왔다. 방울 소리는 점점 빨라졌다.

숨이 막힐 듯한 순간, 지훈은 눈을 떴다. 방 안은 고요했고, 커튼 너머로 새벽빛이 희미하게 스며들고 있었다. 꿈이었다.

하지만 너무나 선명했다. 땀이 목덜미를 타고 흘렀다. 심장은 미친 듯 뛰고 있었다.
"불러줘……."
꿈속의 목소리가 귓가에 맴돌았다. 지훈은 두려움 속에서도 알 수 있었다. 이건 단순한 악몽이 아니었다. 누군가, 혹은 무언가가 자신을 향해 신호를 보내고 있었다.

수업이 끝나자, 교실은 순식간에 소란스러워졌다. 가방을 메고 뛰쳐나가는 아이들의 발걸음 소리, 뒤늦게 과자를 나눠 먹는 웃음소리. 지훈은 자리에 앉아 창밖만 바라보다가, 담임선생님의 목소리에 고개를 돌렸다.
"정지훈, 너 아직 동아리 안 정했지? 생기부 채우려면 이번 학기부터는 필수야. 넌 신청서도 없어서 내 맘대로 역사 동아리로 배정했다. 지금 가 봐."
거부할 여유도 없었다. 담임선생님은 이미 다음 학생을 불러 세우고 있었다. 지훈은 속으로 한숨을 삼키며 3층 끝 복도를 따라 걸었다. 낡은 문 앞에는 '역사 동아리'라는 팻말이 붙어 있었다. 성의 없이 지은 것 같은 동아리 이름이 고지식해 보였다.
문을 열자, 오래된 종이 냄새가 먼저 코끝을 찔렀다. 책장에는 빛바랜 지도와 고문서 복사본이 가득했고, 교실보다 작은 공간 안에서 몇몇 학생이 책상에 흩어져 앉아 있었다. 대부분은 프린트에 낙서하거나 잡담을 나누고 있었지만, 창가에 앉아 있던 한 여학생만은 뭔가를 열심히 적고 있었다.

그녀가 고개를 들자, 반짝이는 눈빛이 지훈을 향했다.

"어? 정지훈 맞지? 새로 왔구나!"

같은 반 나영이었다. 단발머리가 얼굴을 감싸고 있었고, 그 눈빛은 묘하게 사람을 붙잡는 힘이 있었다. 지훈은 어색하게 고개를 끄덕였다.

"잘 왔어. 자리 여기."

나영이 옆자리를 두드리며 환하게 웃었다. 지훈은 천천히 자리에 앉았다. 낯선 공기 속에서 어색함을 숨길 길이 없었다. 하지만 나영은 자연스럽게 말을 이어갔다.

"역사 좋아해?"

"아니, 그냥. 선생님이 생기부 써야 한다길래."

"하하, 솔직하네. 다들 그래. 근데 말이야, 역사라는 게 의외로 흥미로운 데가 있어. 기록이란 게 남아 있으면 존재하지만, 지워지면 아무도 모르게 사라지거든."

지훈은 가슴이 철렁 내려앉았다.

'기록되지 않으면 존재하지 않는다.'

준서의 얼굴이 스쳤다. 이름이 지워지고, 모두의 기억에서 사라진 자리. 그는 시선을 피하며 대답을 삼켰다.

나영은 이상하게 여기지 않고, 오히려 종이 한 장을 꺼내 보였다. 그 위에는 동아리 공지가 적혀 있었다.

"이번 달 활동은 답사래. 건원릉 알아? 동구릉에 있는 조선 태조 이성계 무덤. 거기 억새밭이 유명하대."

억새밭이라는 단어가 들리는 순간, 지훈의 등골이 서늘해졌다. 꿈속에서 끝없이 흔들리던 억새밭이 떠올랐다. 달빛에 반짝이던 풀잎 그리고 방울 소리. 그 모든 장면이 공지 속 단어 하나와 겹쳤다.

"다음 주 토요일에 간대. 준비물은 필기구랑 운동화 정도. 그냥 견학이라는데, 나는 좀 설레. 뭔가 이상한 전설도 있다고 하거든."

나영은 눈빛을 반짝이며 말했다. 그러나 지훈의 얼굴은 굳어 있었다. 억새밭, 방울, 사라진 이름. 모든 게 서로 이어지는 것만 같았다.

"왜 그래? 표정이 되게 심각한데."

"아무것도 아니야."

지훈은 고개를 숙였다.

동아리방에서 나와 그는 복도 게시판에 붙어 있는 동아리 안내문을 다시 확인했다.

'역사 동아리 – 건원릉 현장 탐방'이라는 제목이 눈에 들어왔다. 날짜와 시간, 준비물이 적혀 있었다. 다른 학생들은 대수롭지 않게 웃고 떠들며 지나갔지만, 지훈은 그 종이 앞에 오래 멈춰 섰다.

왜 하필 건원릉일까. 왜 지금…….

집으로 돌아오는 길, 가을바람이 나뭇가지를 흔들었다. 지훈은 다시금 귓가에 맑은 방울 소리가 겹쳐 들려오는 듯한 착각에 사로잡혔다. 그는 무심코 가슴에 손을 얹었다. 두근거림은 단순한 불안이 아니었다. 무엇인가 다가오고 있었다. 그리고 그건, 자신이 더 이상 피할 수 없는 길이라는 예감이었다.

건원릉 언덕을 오르는 동안 아이들은 장난을 치며 사진을 찍었지만, 지훈의 발걸음은 무거웠다. 억새밭이 바람에 일렁일 때마다 그는 꿈속에서 들었던 방울 소리를 떠올렸다.
봉분 둘레에 늘어선 12지신상 앞에 다다르자, 해설사 노인이 학생들을 모아 세웠다.
"보이느냐, 저 석상. 원래는 모두 짐승의 얼굴이 뚜렷해야 하는데, 호랑이는 얼굴이 지워진 듯 훼손됐지?"
아이들이 웅성거리며 고개를 끄덕였다. 해설사는 목소리를 낮추며 말을 이었다.
"옛 전설에 따르면, 태조 이성계는 나라를 세우며 수많은 원령과 악귀를 봉인했단다. 그때 쓴 것이 바로 '영탁'이라는 방울이지. 억새가 봉분을 덮은 것도, 12지신상이 사방을 지키는 것도 모두 그 방울을 지켜내기 위함이었어."
"근데 왜 훼손된 거예요?"
한 학생이 물었다.
해설사는 잠시 침묵하다가 대답했다.

"누군가 일부러 깎아낸 것 같기도 하고, 세월이 만든 흔적 같기도 하지. 하지만 전해지기로는 12지신상이 훼손되면 방울의 힘이 약해지고, 그 안에 봉인된 혼령들이 틈새로 스며 나온다고 하더구나."

순간, 지훈의 가슴은 철렁 내려앉았다. 흩어진 혼령, 사라진 이름, 준서. 누구도 기억하지 못하지만, 자신만 붙잡고 있는 존재. 그 빈자리가 전설 속 이야기와 겹쳤다.

아이들은 별다른 관심 없이 다시 사진을 찍으며 떠들었지만, 지훈은 석상 앞에서 발을 뗄 수 없었다. 얼굴이 지워진 돌 호랑이는, 출석부에서 지워진 준서의 이름과 겹쳐 보였다. 존재를 증명해 주던 얼굴과 이름이 한순간에 공백이 되는 것. 그 앞에서 지훈은 등골이 서늘하게 굳었다.

바람이 불자 억새가 파도처럼 흔들렸다. 그 소리 사이로 아주 잠시, 맑은 방울 소리가 스쳐 갔다. 지훈은 귀를 세웠지만 다른 아이들은 아무 반응이 없었다. 오직 그만이 듣는 소리였다.

나영이 옆에 다가와 작은 목소리로 말했다.

"너 방금, 되게 이상한 표정이었어."

지훈은 대답 대신 돌 호랑이의 매끈하게 깎인 얼굴을 바라보았다. 아무도 기억하지 못하는 준서의 빈자리처럼, 지금 그의 앞에서도 존재가 지워진 채로 남아 있었다.

해설사는 봉분 앞에서 잠시 발걸음을 멈췄다. 바람에 억새밭이 크게 흔들리며 서걱거리는 소리가 이어졌다. 아이들이 지루해할 즈음, 그는 낮게 목소리를 가다듬었다.

"이 건원릉에는 조금 특별한 이야기가 전해져 내려온단다. 보통 다른 왕릉들은 봉분이 잔디로 덮여 있는데, 여긴 왜 억새일까?"

아이들이 서로 얼굴을 마주 보며 고개를 갸웃거렸다.

"태종 이방원이 아버지 고향에서 가져가 심었어요."

누군가 큰 소리로 대답했다. 그때 나영이 손을 들었다.

"죽은 자의 혼을 감싸는 풀이 억새라는 그런 얘기 들은 적 있어요."

"맞다. 억새는 무속에서 망자의 넋을 달래는 풀이라 여겨졌지."

해설사는 손에 쥔 작은 나무 지팡이로 봉분 둘레를 천천히 가리켰다.

"태조 이성계가 나라를 세울 무렵, 혼란이 심했단다. 전쟁과 기근으로 죽은 넋들이 땅 위에 넘쳐났지. 그 원혼들이 백성을 괴롭히자, 태조는 무당과 도승들을 불러 큰 봉인을 했다. 그때 사용한 것이 바로 영탁이라고 불린 방울이다."

아이들 사이에서 작은 웅성거림이 일었다. 해설사는 조금 더 목소리를 낮추며 말을 이었다.

"영탁은 단순한 방울이 아니야. 죽은 자의 이름을 묶어 흩어지지 않게 붙잡아 두는 신물이었다고 하지. 방울이 울릴 때마다 혼령의 이름이 억새와 함께 흔들리며 봉분 속에 갇혔다고 해. 그 힘이 있기에 왕릉은 평안할 수 있었고."

지훈의 등줄기에 차가운 기운이 스쳤다. 이름을 묶는다, 흩어지지 않게 잡아둔다. 머릿속에서 준서의 얼굴이 떠올랐다. 혹시 준서도 영탁 같은 방울에 묶이지 못해 흩어진 존재는 아닐까.

나영이 곁에서 눈을 빛내며 메모했다.

"근데 선생님, 만약 그 방울이 깨지거나 힘을 잃으면 어떻게 돼요?"

"그땐 억새가 흔들려도 혼령의 이름이 묶이지 못하고, 세상으로 흩어진다고 전해진다. 전설일 뿐이지만, 이런 이야기가 그냥 생겼겠니?"

아이들은 흥미롭다는 듯 웃었지만, 지훈만은 아무 말도 할 수 없었다. 그의 귀에는 또렷한 방울 소리가 겹쳐 울리고 있었다. 꿈속에서 들었던 그 맑고 서늘한 음색.

"불러줘, 이름을."

그 목소리가 귓속 깊이 스며들었다. 지훈은 숨을 삼켰다. 주위를 둘러보았지만, 아무도 듣지 못한 듯 태연했다. 오직 그에게만 들리는 소리.

답사가 끝나고 내려오는 길, 지훈의 마음은 무겁게 가라앉았다. 전설 속 영탁이 단순한 이야기가 아닐 수도 있다는 두려움. 그리고 두려움 속에서, 그는 더 또렷하게 확신했다.

 나는 반드시 준서의 이름을 기억해야 한다. 사라진 이름을 묶어둘 수 있는 건, 이제 나뿐이다.

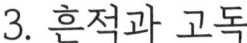

3. 흔적과 고독

침대에 몸을 누인 지 오래였지만, 지훈의 머릿속에서는 건원릉에서 들었던 해설사의 말이 끊임없이 반복되었다.

영탁, 혼령을 묶어둔 방울, 12지신상이 훼손되면 흩어진다.

'흩어진다'라는 단어가 자꾸만 마음에 걸렸다. 준서의 빈자리, 아무도 기억하지 못하는 이름. 그것은 단순히 잊힌 게 아니라, 정말로 흩어진 건 아닐까. 지훈은 베개를 끌어안은 채 깊게 숨을 몰아쉬었다.

창밖에는 바람이 불고 있었다. 얇은 커튼이 낡은 창틈을 타고 들어온 바람결에 흔들리며 서걱거리는 소리를 냈다. 그 소리는 낮에 본 억새밭의 서걱임과 비슷했다. 눈을 감은 지훈의 귀에는 점점 더 뚜렷하게 방울 소리가 울려왔다. 맑고도 서늘한, 현실과 꿈의 경계를 흔드는 소리였다. 그리고 지훈은 어느 순간 꿈속에 서 있었다.

또다시 주변은 끝없이 펼쳐진 억새밭이었다. 달빛이 은빛으로 풀잎을 비추자, 억새는 파도처럼 일렁였다. 그 풍경은 아름답지만 동시에 불길했다. 바람이 불 때마다 방울이 흔들리는 소리가 들려왔다. 이전에는 희미했지만, 이번에는 너무 선명해서 꿈이라는 사실조차 잊게 했다.

"정지훈."

귀에 익은 목소리가 억새 사이에서 흘러나왔다. 지훈은 몸이 얼어붙는 듯했다. 심장이 세차게 뛰며 목구멍이 바짝 말랐다. 조심스럽게 억새를 헤치자, 그 사이로 희미한 그림자가 서 있었다.

"준서?"

이름을 부르자, 그림자는 흔들리며 조금 더 선명해졌다. 중학교 시절 매일 같이 게임을 하고 웃던 그 얼굴이 보였다. 하지만 동시에 눈빛은 어딘가 불안하게 흔들리고 있었다. 얼굴 윤곽은 금세 번져 흐려졌다. 마치 물에 비친 그림자처럼 파도에 일렁이며 부서졌다.

"도와줘, 내 이름을 잊지 마."

바람을 타고 전해진 목소리는 떨리고 있었다. 지훈은 눈가가 뜨겁게 젖는 걸 느꼈다. 그는 무작정 손을 뻗었다. 하지만 손끝은 허공을 가를 뿐, 준서의 어깨에 닿지 않았다. 그의 손이 닿는 순간마다 그림자는 안개처럼 흩어져 사라졌다.

"안 돼, 가지 마!"

지훈은 절규하듯 외쳤다. 그러나 준서의 환영은 바람에 실려 멀어져 갔다. 억새밭은 점점 더 요동쳤고, 방울 소리는 빨라졌다.
"기억해 줘, 이름을."

 그 마지막 속삭임이 귓가를 때리자, 지훈은 갑자기 몸을 뒤흔드는 듯한 느낌과 함께 눈을 떴다. 방 안은 고요했지만, 그의 심장은 여전히 광폭하게 뛰고 있었다. 온몸이 식은땀으로 젖어 있었다. 지훈은 무의식적으로 허공을 움켜쥔 손을 내려다보았다. 아직도 그 안에 준서의 그림자가 스며 있는 듯한 기분이었다.
 책상 위 노트가 눈에 들어왔다. 그는 떨리는 손으로 펜을 잡아 준서의 이름을 적었다. '김준서.' 글자는 선명하게 새겨졌지만, 몇 초 지나지 않아 서서히 번지며 뿌옇게 흐려졌다. 잉크가 종이에 스며들다 못해 사라져 버리자, 손끝에 재 같은 가루가 남았다. 놀란 지훈은 그 가루를 어루만지며 숨을 몰아쉬었다.
 "꿈이 아니었어. 왜 아무도 기억하지 못하는 거야. 왜 나만……."
 방 안은 너무 조용했다. 대답은 돌아오지 않았다. 그러나 지훈의 귓가에는 여전히 희미한 울림이 맴돌고 있었다. 방울 소리 그리고 그 위에 겹친 준서의 목소리.
 "기억해 줘, 이름을."

지훈은 두 손으로 머리를 감싸며 고개를 떨구었다. 눈물이 뺨을 타고 흘렀다. 세상이 준서를 지웠다 해도, 자신만은 그 이름을 기억해야 했다.

아침 자습 시간, 교실은 평소처럼 시끄러웠다. 누군가는 이어폰을 귀에 꽂고 음악을 흥얼거렸고, 또 다른 누군가는 삼삼오오 모여 휴대전화 게임을 하고 있었다. 연필 굴러가는 소리, 잡담, 웃음소리. 그 속에서 지훈은 혼자였다. 눈앞에 펼쳐진 교과서 글자들이 제대로 들어오지 않았다. 대신, 꿈속에서 들려온 목소리가 계속 귓가에 울렸다.

준서의 환영이 떠난 뒤, 지훈은 그 목소리를 떨쳐낼 수 없었다. 책장을 넘기는 손끝은 땀으로 젖어 있었고, 심장은 여전히 불안하게 뛰었다. 옆자리에 앉은 민수가 떠드는 소리에 웃음을 터뜨렸을 때, 지훈은 고개를 돌려 빈 의자를 바라봤다. 거기 앉아 있어야 할 얼굴이 자꾸만 겹쳤다.

"야, 왜 그래? 멍때려?"

민수가 물었지만, 지훈은 고개만 끄덕였다.

"피곤해서 그래."

더 이상 대화를 이어갈 힘도 없었다. 그는 시선을 교과서로 돌렸다. 그런데 문득, 교과서 한쪽 귀퉁이에 낯익은 낙서가 눈에 들어왔다. 볼펜으로 거칠게 그린 캐릭터 얼굴 그리고 옆에 적힌 짧은 글씨.

― 수학은 개노잼.

 순간 숨이 막히는 듯했다. 그건 분명 준서의 흔적이었다. 언제나 수업 시간마다 교과서 한쪽에 장난스러운 낙서를 남기던 아이. 글씨체도, 장난스러운 어투도 정확히 그였다. 지훈의 손끝이 떨렸다.
 '이거, 준서 건데…….'
 그는 속으로 중얼거렸다. 그러나 고개를 들어 친구들에게 말하려 하다, 곧 멈췄다. 말해도 아무도 믿지 않을 게 뻔했다. 이미 여러 번 겪었다.
 "누구? 정신 나갔냐?"라며 되묻던 아이들의 표정이 아직도 선명했다.
 지훈은 낙서 부분을 손으로 덮었다. 손바닥 밑에서 글자가 살아 숨 쉬는 것 같았다. 그러나 이내 두려움이 엄습했다. 혹시나 해서 손을 떼고 다시 보았을 때, 글자는 희미하게 번져 있었다. 마치 종이가 스스로 그 흔적을 삼켜버리는 듯. 몇 번 눈을 깜빡이자, 전날 밤 노트에 쓴 준서의 이름이 사라진 것처럼 글자는 완전히 사라지고 깨끗한 여백만 남았다.
 심장이 요동쳤다.
 "안 돼."
 지훈은 교과서를 부여잡았다. 그러나 증거는 이미 없었다.
 쉬는 시간이 되자 아이들은 더 크게 떠들기 시작했다. 민수는 휴대전화를 보여주며 다른 아이들과 웃고 떠들었지만, 지훈은 그 속에 끼지 못했다. 오히려 더 고립된 듯한 기분이 들었다. 그는 책상 밑으로 교과서를 숨기듯 밀어 넣었다.
'나는 봤다. 분명히 준서의 흔적이 있었다. 하지만 왜 자꾸 사라지는 거지?'

점심시간이 되었고, 지훈은 도서관으로 향했다. 사람 없는 조용한 곳에서라도 차분히 정리해야 할 것 같았다. 도서관 구석에 앉아 다시 교과서를 펼쳤다. 그러나 낙서는 없었다. 아무리 책장을 뒤져도 흔적은 나오지 않았다. 지훈은 머리를 감싸 쥐었다. 눈앞이 흐려졌다.
'내가 잘못 본 걸까? 아니면, 세상이 일부러 지우는 걸까?'
그때, 뒷자리에서 누군가 두리번거리며 다가왔다. 나영이었다.
"지훈아, 여기 있었네."
그녀는 호기심 어린 눈빛으로 지훈의 얼굴을 살폈다.
"공부하러 왔어?"
"그냥, 잠깐……."
지훈은 얼버무렸다. 나영은 지훈 옆자리에 앉아 교과서를 슬쩍 들여다봤다.
"왜 이렇게 구겨졌어? 무슨 일 있어?"
지훈은 잠시 망설였다. 하지만 입술 끝에서 멈춘 말은 끝내 나오지 않았다. 준서라는 이름을 꺼내는 순간, 또다시 "누구야?"라는 대답이 돌아올 게 뻔했다.

"아니야. 그냥, 내가 낙서를 본 것 같은데, 없어져서."

"낙서? 뭐, 애들이 장난으로 했다가 지운 거 아냐?"

나영은 대수롭지 않게 웃었다. 하지만 지훈은 웃지 못했다. 낙서 속 글씨체, 말투, 모든 게 준서였다. 그것은 결코 착각일 수 없었다.

그는 숨을 몰아쉬었다. 나영은 고개를 갸웃했지만, 더 묻지 않았다. 지훈은 떨리는 손끝으로 교과서를 다시 펼쳤지만, 여백은 여전히 공허했다. 망설이던 지훈은 용기를 내서 나영에게 준서의 이야기를 꺼냈다. 누군가와 이렇게 길게 이야기하는 건 참 오래간만이었다. 이상한 눈으로 볼 수도 있다는 생각도 들었지만, 지훈은 그 누구도 기억 못 하는 준서를 입 밖으로 끄집어냈다. 그런데 나영의 반응은 의외였다.

"진짜? 나도 그런 적 있는데. 분명 어제까지 같이 있었던 친구가 어느 날 내 기억 속에만 있었던 기억이 있어. 그땐 내가 꿈꾼 거로 생각했는데, 네가 이런 이야기를 하니까 소름이 돋는걸."

나영은 천천히 말을 이어갔다.

"우리 아빠도 너와 같은 이야기를 한 적이 있어. 난 우리 집에 옛날 물건이 많아 생기는 귀신들의 장난이라고도 생각했거든."

나영의 아빠는 작은 공방을 차려두고 오래된 골동품을 수리하는 일을 한다고 했다. 지훈은 나영이 다른 아이들처럼 자신을 이상하게 여기지 않는다는 것만으로도 위로가 되었다.

저녁 무렵, 해가 기울자 교실은 노을빛으로 물들었다. 아이들은 떠들며 삼삼오오 집으로 향했지만, 지훈은 교실에 홀로 남았다. 책상 위에 손을 얹은 채 한참 동안 움직이지 못했다.

교과서 속에서 사라진 준서의 낙서 그리고 아무도 기억하지 못하는 아이. 그것은 단순한 착각일까, 아니면 그에게만 보이는 진실일까. 다시 한번 준서의 흔적을 확인하고 싶었다.

결국 자리에서 일어나 교무실로 향했다. 문을 열자, 교무실 안에는 두세 명의 선생님만 남아 있었다. 생활기록부를 정리하던 담임선생님이 고개를 들었다.

"정지훈, 무슨 일이냐?"

지훈은 잠시 머뭇거리다 조심스레 물었다.

"선생님, 우리 반에 준서 있잖아요. 김준서."

담임선생님은 눈썹을 찌푸렸다.

"준서? 우리 반에 그런 애는 없는데?"

"아니에요. 분명히 있었어요. 제 옆자리 앉던 애예요."

말이 나오는 순간, 목소리가 떨렸다. 담임선생님은 고개를 저으며 생활기록부를 뒤적였다.

"김 씨 성 가진 애는 네 명뿐인데, 준서는 없어."

그는 이름이 빼곡한 페이지를 지훈에게 보여주었다. 그러나 아무리 눈을 씻고 찾아봐도 '김준서'라는 이름은 없었다.

지훈의 손끝이 차갑게 식었다.

"그럴 리가 없는데……."

속삭이듯 중얼거렸지만, 선생님은 어깨를 으쓱하며 말했다.

"혹시 다른 반이랑 착각한 거 아냐? 피곤해서 헷갈린 걸 수도 있고."

그 순간, 책상 위에 놓인 학급 단체 사진이 눈에 들어왔다. 지훈은 본능적으로 다가가 시선을 고정했다. 반 아이들이 모두 모여 웃고 있는 사진이었다. 그런데 아무리 찾아도 준서의 얼굴은 없었다. 옆자리에서 함께 웃던 기억과는 달리, 사진 속에는 공백조차 없었다. 마치 원래부터 존재하지 않았던 것처럼 매끈하게 이어진 구도였다.

지훈은 뒷덜미가 서늘해지는 걸 느꼈다. 눈앞이 흐려졌다. 그는 급히 교무실을 나와 복도를 걸었다. 가슴은 빠르게 뛰고, 머릿속은 뒤엉켰다. 모든 기록이 지워져 있다. 내가 잘못 기억하는 걸까? 아니면 세상이 준서를 지운 걸까?

그날 밤, 지훈은 집에 돌아오자마자 서랍 속을 뒤졌다. 중학교 때 찍은 단체 사진, 준서와 주고받은 쪽지, 폴더폰 속에 남아 있을지도 모르는 사진. 하지만 어디에도 준서의 모습은 없었다. 사진 속에서 그는 비어 있었고, 메시지 기록은 깨끗했다. 남아 있어야 할 흔적이 모두 증발한 듯 사라진 상태였다.

손에 쥔 오래된 쪽지 한 장이 마지막 희망이었다. 구겨진 종이에는 낯익은 글씨체로 '오늘 피시방 ㄱㄱ?'라는 문장이 적혀 있었다. 분명 준서가 자주 쓰던 표현이었다. 그러나 눈을 깜박이는 사이, 글씨는 서서히 희미해졌다. 지훈은 놀라 종이를 움켜쥐었지만, 글자는 또다시 재처럼 바스러져 떨어졌다. 종이만 덩그러니 남았다.

"대체 왜?"

그는 책상에 머리를 박았다. 현실이 자신을 조롱하는 듯했다. 준서와 함께 웃었던 기억은 분명히 남아 있는데, 증거는 모두 사라지고 있었다. 그렇다면 기억하는 자신이 잘못된 것일까? 세상이 맞고 자신이 틀린 걸까?

머릿속에 균열이 생겼다. 의심이 잠식했다.

'혹시 내가 진짜로 미쳐가는 건 아닐까?'

하지만 동시에 귓가에서는 여전히 그 목소리가 울리고 있었다.

"기억해 줘, 이름을."

지훈은 손으로 귀를 틀어막았다. 그러나 목소리는 사라지지 않았다. 오히려 더 선명하게 가슴을 파고들었다.

4. 얼굴 없는 혼령

 다음 날도 멍하니 의미 없는 하루를 보내고, 종례가 끝난 교실에 남아 있던 아이들은 서둘러 가방을 메고 나갔다. 지훈도 맥없이 그들을 따랐다.
 "정지훈, 잠깐."
 담임선생님의 목소리가 등을 붙잡았다.
 "교실에서 쓰던 프로젝터 좀 창고에 내려다 줄래? 오늘 야자 전에 관리실 문 잠가야 해서."
 기다렸다는 듯 복도 끝에서 체육 선생님이 열쇠 꾸러미를 흔들었다. 지훈은 짧게 "네" 하고 대답했다. 괜히 거절할 이유도, 할 말도 없었다. 책상 밑에서 무거운 프로젝터를 들어 올리는 순간, 손목으로 묵직한 냉기가 내려앉았다.
 창고는 체육관 뒤편, 오래된 음악실 옆에 붙어 있었다. 금속 문은 누군가 수십 번쯤 페인트를 덧발라 둔 듯 두껍고, 무광이었다. 체육 선생님이 열쇠로 문을 열며 말했다.
 "쌓여 있는 박스 사이 비우지 말고, 빈 선반에 놓고 와. 불스위치는 오른쪽."

 체육 선생님은 전화가 왔다며, 체육관 쪽으로 사라졌다. 문이 반만 열린 채 덜컥 멈췄다.

 실내는 먼지 냄새와 오래된 종이, 비닐의 묵은 냄새가 뒤섞여 있었다. 형광등을 켜자 위윙, 소리와 함께 깜박깜박 빛이 떨렸다. 얇은 먼지 입자들이 공중에서 느리게 내려앉았다. 오래전 행사에 쓰였던 현수막, 낡은 악기 케이스, 모서리가 찌그러진 철제 선반 그리고 굵은 매직으로 이름이 적힌 종이 라벨이 여기저기 붙어 있었다. '과학실 모형' '행사 명찰' '분실물(학기 중)' '졸업 사진(예비)'. 어떤 라벨은 글자가 흐릿했고, 어떤 것들은 누가 긁어낸 듯 군데군데 비어 있었다.

 지훈은 프로젝터를 한 손에 들고 가장 바깥 선반을 살폈다. 박스 사이에 반쯤 비어 보이는 공간이 있었다. 몸을 숙여 프로젝터를 밀어 넣고 허리를 폈을 때, 어디선가 쌀랑, 하는 작은 금속 소리가 났다. 그는 반사적으로 고개를 돌려 소리의 방향을 찾았다. 어둑한 선반 깊숙이 투명한 비닐봉지 하나가 흔들리고 있었다. 봉투 안에는 플라스틱 명찰 카드들이 실뭉치처럼 엉켜들어 있었다. 쇠고리들이 서로 부딪치며 방울 비슷한 소리를 냈다.

 그 소리는 이상할 만큼 낮익었다. 억새밭을 가르던 바람 속에서 들렸던 그 맑고도 서늘한 울림. 지훈은 숨을 멈추었다.

금속 소리는 멈췄지만, 형광등의 미세한 떨림이 귀 뒤를 간질였다.

그때였다. 선반 반대편, 상자 그림자 사이에서 무언가가 스르르 미끄러져 나왔다. 처음엔 사람의 어깨만 한 크기의 먹물 얼룩처럼 보였다. 하지만 눈을 가늘게 뜨자, 어둠의 가장자리가 서서히 사람의 형상으로 모였다.

길쭉한 팔다리 그리고 달걀처럼 매끈하고 하얀 얼굴. 눈도, 코도, 입도 없었다. 그 '얼굴'은 말하는 법을 잊은 종이처럼, 혹은 긁혀 지워진 라벨처럼 텅 비어 있었다.

지훈의 등에 찬 기운이 훅 스며들었다. 문 쪽으로 한발 물러서려다, 발꿈치가 아무것도 없는 공간을 밟아 휘청했다. 반쯤 열린 문틈으로 차가운 바람이 스며들어 왔다. 도망칠 수도 있었다. 그냥 나가서 문을 닫아버리면, 아무 일도 없었다는 듯 학교의 밤이 다시 흐를 것이다. 그런데 이상하게도, 발이 떨어지지 않았다.

'나는, 기억하는 자가 되어야 한다.'

어젯밤 자신에게 새긴 문장이 무게처럼 발등에 얹혔다.

형체는 지훈이 내뿜는 숨결에 흔들리듯, 아주 천천히 다가왔다. 무릎이 굳어가는 걸 느끼면서도 그는 어쩐지 도망치지 않았다. 대신, 가슴이 뛰는 소리를 억누르기 위해 낮게 이름을 불렀다.

"정지훈."

공기가 가볍게 떨렸다. 이름의 울림이 아주 잠깐, 몸을 붙들어 매는 닻이 되어주는 듯했다.

얼굴 없는 존재가 손을 들어 보였다. 손은 길고 가늘었고, 마치 종이처럼 얇아 보였다. 그 손끝이, 선반 위 '행사 명찰' 봉투를 톡, 건드렸다. 다시 얽힌 명찰들의 쇠고리가 짤랑, 부딪치며 울림을 만들었다. 그 소리 사이에서, 지훈은 속삭임 같은 무언가를 들었다. 목소리라 부르기 미적지근한, 그러나 분명히 뜻을 가진 움직임이었다.

소리인지, 마음속 파문인지 구별이 되지 않았다. 지훈은 조심스럽게 물었다.

"네…… 이름?"

얼굴 없는 존재는 대답하지 못했다. 입이 없으니 그럴 수밖에. 대신, 선반에 붙은 라벨들을 차례로, 손가락으로 짚어 나갔다. '명찰' '분실물' '사진'. 얇은 손끝이 닿을 때마다 라벨의 글자들이 순간 선명해졌다가, 곧 희미해지며 부서지는 듯했다.

지훈은 봉투를 하나 꺼냈다. 명찰 카드가 오십 개쯤 엉켜 있었다. 그중 몇 개에는 이름이 뚜렷하게 남아 있었고, 몇 개는 잉크가 번져 읽기 어려웠다. 그는 무심코 하나를 집어 들었다. 반투명 플라스틱 너머의 종이에 검은 글자가 닳아 있었다. '―서' 글자 둘이 지워진 듯 빈칸으로 남아 있었다. 손끝에 힘이 들어갔다.

그가 그 카드의 이름을 소리 내어 읽으려는 순간, 얼굴 없는 존재가 퍼뜩, 움직임으로 막았다. 얇은 손바닥이 '아니'라고 말하듯 천천히 흔들렸다. 잘못 부르면 안 된다는 뜻인가. 불완전한 이름은 불완전한 얼굴을 불러낸다는 경고처럼 느껴졌다.

지훈은 다른 카드들을 뒤적였다. 어떤 카드에는 '윤'만 남았고, 어떤 카드에는 마지막 받침 한 획만 살아 있었다. 이상한 감각이 목뒤를 스쳤다. 이름의 뼈대가 빠져나간 자리에 남는, 마른 살가죽처럼 빈 껍질들. 이 명찰들은 한때 누군가의 가슴에서 흔들렸을 것이다. 쉬는 시간의 소란, 운동장의 웃음소리, 발표 시간의 떨림. 그러나 지금, 여기서 그 이름들은 쇠고리끼리 맞부딪치는 소리밖에 내지 못한다.

지훈은 무릎을 꿇고 바닥을 살폈다. 시멘트 바닥에는 얇게 먼지가 내려앉아 있었다. 누군가 맨발로 걸어간 듯한 옅은 자국이 선반 뒤쪽으로 이어지고 있었다. 발자국의 윤곽이 흐릿하게 남아 있었다. 그는 본능적으로 그 자국을 따라 몸을 기울였다. 그 끝에 오래전 졸업 앨범의 예비 인화 본이 담긴 상자가 있었다. 상자 뚜껑은 반쯤 열려 있었다.

조심스레 한 장을 꺼내 빛에 비췄다. 반 아이들이 줄지어 서서 어색하게 웃고 있는 사진이었다. 그런데 특이하게 사진마다 한 사람의 얼굴이 흐릿했다. 마치 렌즈에 습기가 찬 것처럼, 사람의 윤곽은 있는데 눈과 입이 지워진 것 같았다. 다른 인화 본을 꺼내 봐도 마찬가지였다. 매번 다른 사람이 아니라, 정확히 같은 자리. 그의 곁에서 얼굴 없는 존재가 아주 조용히 고개를 끄덕였다.

"너, 준서야?"

질문이 무심코 튀어나왔다. 말이 공기 속에서 뜨겁게 식었다. 형체는 조용히 고개를 저었다. 얇은 손끝이 지훈의 가슴으로 향했다. 학생증. 플라스틱 표면이 형광등을 받아 희미하게 빛났다. 그 순간, 공기가 달라졌다. 창고 안의 냉기가 얕게 밀렸다. 얼굴 없는 존재의 몸이 미세하게 뒤로 물러섰다. 마치 이름이 인쇄된 그 작은 카드가 빛을 내는 것처럼, 형체는 주춤하며 선반 그림자 속으로 반 발짝 물러났다.

지훈은 학생증을 단단히 움켜쥐었다. 손바닥에서 전해지는 단단함이 자신을 붙들었다.

"너의 이름을 찾고 싶은 거지?"

지훈이 낮게 물었다. 형체는 멈칫하더니, 천천히 고개를 끄덕이는 모양새를 했다. 입이 없으니, 눈빛도 없고 표정도 없다. 그러나 미세한 살결의 떨림과 공기의 변화를 통해, 지훈은 이상하게도 뜻을 읽을 수 있었다.

그 순간, 창고 바깥에서 발소리가 가까워졌다. 체육 선생님의 굵은 기침 소리에 지훈은 흠칫 뒤돌아봤다. 다시 고개를 돌렸을 때, 형체는 선반과 선반 사이로 스며들 듯 물러나고 있었다. 완전히 사라지기 직전, 얇은 손이 박스 하나를 톡, 두드렸다. 누렇게 바랜 라벨에 손 글씨가 있었다.

– 분실물·명찰·졸업사진(미정리).

그리고 그 아래, 작은 글씨로 덧붙여 있었다.

– 이름 없으면 폐기.

쇠고리가 마지막으로 짤랑, 울렸다. 형체는 먼지 속으로 풀리듯 사라졌다.
"지훈아, 다 했냐?"
문이 더 활짝 열리고 체육 선생님이 얼굴을 들이밀었다. 지훈은 두 손으로 학생증을 움켜쥔 채 고개를 끄덕였다. 숨을 크게 내쉬니, 가느다란 먼지 줄기가 코끝을 간질였다. 그는 급히 명찰 봉투 하나를 선반 위에 올려놓고, 프로젝터 박스 옆에 바르게 정리했다.
"문 잠근다."
체육 선생님이 말했다.
문이 닫히는 순간, 지훈은 발끝에서 딸깍, 하는 가벼운 감촉을 느꼈다. 아래를 내려다보니, 작은 플라스틱 명찰 카드 하나가 그의 운동화 코에 기대어 떨어져 있었다. 투명한 카드

속의 종이는 거의 백지였다. 모서리에 검은 잉크가 겨우겨우 한 획 걸려 있었다. '—서' 그 한 글자, 아니, 반토막의 그림자가 마지막 숨을 쉬듯 어른거렸다.

지훈은 카드를 주워 주머니에 넣었다. 손끝이 얼얼했다. 복도는 야자 준비 때문에 바빠지는 소리로 가득했지만, 그의 귀에는 이상하리만큼 멀게 들렸다. 창고 앞을 떠나며, 그는 마지막으로 문짝의 찌그러진 부분을 바라보았다. 녹이 선 금속이 오래된 흉터처럼 굳어 있었다.

계단을 내려오다 그는 멈춰 섰다. 손바닥에 학생증의 모서리가 콕 박힌 자리가 희미하게 아려왔다. '이름 없으면 폐기'라는 라벨의 문장이 가슴을 푹 찔렀다.

이름을 잃는 순간, 기계처럼, 물건처럼, 종이처럼, 사람도 분류되고 버려질 수 있다는 냉혹한 진실. 조금 전에 본 것, 얼굴 없는 존재, 그것이 누구였든, 누군가였다는 사실만큼은 분명했다.

복도 끝 창문에서 바람이 스며들었다. 아주 멀리서, 정말로 아주 멀리서, 방울 소리가 한 번 울렸다. 짧고, 맑고, 차가운 울림. 지훈은 무심코 주머니 속 명찰 카드를 움켜쥐었다. '—서'라는 끝자락이 손바닥에서 미세하게 떨리는 듯했다.

그는 속으로 아주 천천히, 아주 조심스럽게 소리를 내 보았다.

"—서."

공기가 미세하게 떨렸다. 그러나 아무 일도 일어나지 않았다. 지훈은 다시 숨을 고르고 계단을 내려갔다. 발소리가 텅 빈 계단에서 가볍게 울렸다.

불완전한 이름은 불완전한 얼굴을 부른다. 조금 전의 직감이 문장으로 굳어졌다. 그는 알았다. 다음에는 더 많은 조각을 찾아야 한다는 걸. 카드 뭉치의 어둑한 글자들, 졸업 사진의 흐릿한 자리들 그리고 자신에게만 들리는 그 작은 울음, 그것들이 모여 하나의 이름이 될 때, 비로소 누군가가 돌아볼 것임을.

밤이 깊어 가고 있었다. 학교에서 돌아온 지훈은 집에 오자마자 방문을 걸어 잠갔다. 몸은 여전히 떨리고 있었고, 손바닥에는 주머니 속 명찰 카드의 날카로운 모서리가 남긴 자국이 희미하게 자리 잡고 있었다. 책상 위에 명찰을 꺼내 올려놓자, 방 안의 공기가 묘하게 뒤틀리는 듯했다. 종이에 남은 글자는 겨우 한 획뿐. '—서' 그것이 의미하는 바는 무엇일까.

지훈은 그 카드에서 눈을 떼지 못했다. 똑바로 바라보면 볼수록, 글자 아닌 그림자 같은 잔상이 번져 보였다. 마치 누군가 잃어버린 이름의 찌꺼기가 여전히 들러붙어 있는 듯했다. 그는 손끝으로 조심스레 종이를 문질렀다. 그러자 순간적으로 귓가에서 방 안의 공기가 요동쳤다.

"불러줘……."

그 목소리는 낮고 길게 울렸다. 창고에서 들었던 속삭임과 닮아 있었지만, 이번엔 더 깊고 날카로웠다. 귀가 아니라 심장 밑바닥에서 직접 울리는 소리 같았다. 지훈은 급히 손을 떼며 뒷걸음질 쳤다.

"누구야?"

그는 낮게 중얼거렸다. 하지만 대답은 없었다. 대신 방 안 벽에 드리운 그림자가 천천히 길어졌다. 형광등 불빛에 비친 그림자는 지훈의 몸짓과 닮아 있었지만, 어딘가 어긋나 있었다. 고개를 숙이지 않았는데도 그림자는 고개를 떨구고 있었고, 손을 내리지 않았는데도 그림자의 손은 바닥을 긁고 있었다.

"정지훈."

이번엔 분명히 자기 이름이었다. 그림자가 입 모양도 없는 채로, 공기 속에 직접 새겨 넣듯 그의 이름을 불렀다. 그 순간 지훈은 두려움과 이상한 쾌감이 동시에 밀려드는 걸 느꼈다. 이름이 불린다는 건 존재가 증명되는 일이다. 하지만 누가, 어떤 의도로 부르느냐에 따라 그것은 족쇄가 될 수도 있다는 사실을 깨닫는 순간이었다.

그는 온몸을 움츠리며 책상으로 다가가 학생증을 움켜쥐었다. 투명한 필름 안에 새겨진 글자가 또렷했다. 정지훈. 하지만 그림자는 그것조차 비웃듯 낮게 웃었다.

"이름은 지워질 수 있어. 기억도 함께 삼켜지지. 너도 느껴

봤잖아."

그 속삭임은 피할 수 없는 진실을 찌르는 듯했다. 교과서의 낙서, 출석부, 생활기록부, 사진까지 모든 것이 흔적 없이 사라졌다. 준서의 이름도, 존재도. 그 모든 걸 지워버린 손길이 바로 눈앞에 서 있었다.

지훈은 이를 악물었다.

"나는, 기억해. 아무리 지워도, 나는 준서를 기억해."

그 순간 그림자의 윤곽이 크게 흔들렸다. 그러나 곧 비웃듯, 더 짙고 넓게 퍼져 나갔다. 마치 그의 다짐조차 삼켜버리겠다는 듯, 그림자는 벽을 타고 천천히 방 안을 잠식해 들어왔다. 지훈은 숨이 막히는 듯한 압박감을 느꼈다.

"네 기억이 언제까지 버틸 수 있을 것 같아? 혼자 기억하는 건 고통일 뿐이야. 차라리 지워라. 그러면 편해질 거다."

그 속삭임은 달콤하고도 위협적이었다. 순간, 지훈은 마음속 어딘가가 흔들렸다. 사실, 기억하는 일은 너무 힘들었다. 아무도 믿어주지 않는 고독 속에서, 자신만이 증인이라는 짐을 짊어진다는 건 견디기 어려운 일이었다. 만약 정말 모두 지워버린다면, 편해질까?

손이 떨리며 학생증을 놓칠 뻔했다. 그러나 곧 준서의 목소리가 떠올랐다.

"기억해 줘."

억새밭에서 들었던 절박한 음성이 귓속을 울렸다. 그 순간,

지훈은 정신을 붙잡았다.

"아니, 나는 지우지 않아. 끝까지 기억할 거야."

학생증을 더 세게 움켜쥐자, 그림자의 움직임이 멈칫했다. 형광등 불빛이 깜박이며 방 안을 흘렀다. 명찰 속 글자는 더 번져 사라졌지만, 동시에 공기 속에 희미한 형상이 맺혔다. 흐릿한 얼굴, 목소리 없는 그림자. 지훈은 눈을 크게 뜨고 그 모습을 바라봤다.

"나는 널 기억해. 아무도 기억하지 않아도, 나는 기억해. 그러니까 사라지지 마."

그 말과 함께 그는 다시 이름을 불렀다.

"김준서!"

이번엔 목소리에 힘이 실렸다. 그 순간, 그림자가 크게 흔들리며 방 안 가득 메아리 같은 소리가 퍼졌다. 바람도, 방울도 없었는데, 마치 누군가 울음을 터뜨린 듯한 울림이 파고들었다. 지훈은 두 손으로 학생증을 움켜쥐며 버텼다.

그림자의 속삭임이 다시 스쳤다.

"금기를 깨는구나. 이름을 부르는 건 위험한 일이다. 그 이름에 묶이는 건 너일 수도 있다."

그러나 지훈은 눈을 감지 않았다. 오히려 더 또렷하게 이름을 불렀다.

"김준서!"

방 안 공기가 갈라지듯 흔들렸다. 순간적으로 그림자는 더 선명해졌고, 얼굴의 윤곽이 아주 희미하게 드러났다. 눈인지, 입인지 모호했지만, 분명히 '누군가의 얼굴'이었다. 그리고 그 얼굴에서 미세한 울음소리가 흘러나왔다.

지훈의 눈가가 젖었다. 그는 속으로 되뇌었다. 이게 금기라면, 나는 금기를 깬다. 기억하기 위해서, 존재를 지키기 위해서.

잠시 후, 그림자는 바람에 흩어지듯 사라졌다.

5. 영탁의 조각들

"정지훈!"

급식실 맞은편에 앉은 나영이 조심스럽게 불렀다. 그녀의 눈동자는 평소보다 더 깊었다.

"어제 카톡 봤지? 동구릉 인근 마을에 문화재 지킴이로 활동하시는 분이 계신대. 원래 그 집안이 '능참봉'이었다고. 오늘 수업 끝나고 같이 가볼래?"

지훈은 잠깐 숨을 고르고 고개를 끄덕였다. 능참봉, 왕릉을 지키던 자. 그 말 하나에 가슴 한가운데 묵직한 중심이 생기는 느낌이었다. 어젯밤, 이름을 부를 때 흔들리던 공기가 잠깐 가라앉는 것처럼.

방과 후, 두 사람은 버스를 타고 구리 시내를 지나 동구릉으로 이어지는 길을 달렸다. 차창 밖으로 가을빛이 빠르게 흘렀다. 고개를 넘을수록 아파트 숲은 적어지고, 오래된 식당의 낮은 처마와 골목이 드물게 이어졌다. 종점에서 내려 조금 걸어가자, 골목 끝에 오래된 한옥 한 채가 보였다. 기왓장에 이끼가 옅게 끼어 있고, 대문 옆에는 작은 나무 팻말이 걸려 있었다. '구리 문화원 자문위원 - 오병수' 그 옆에 작게 '능참봉 오가(吳家)'라고 적혀 있었다.

나영이 초인종을 누르자, 안에서 목탁처럼 낮은 기침 소리가 들렸다. 대문이 열리고, 회색 조끼를 걸친 백발의 노인이 모습을 드러냈다. 눈매가 깊었으나, 미간의 주름은 한눈에 세월을 말해주었다.

"누구?"

"안녕하세요. 저희는 인창고 역사 동아리에서 왔어요. 건원릉 답사 때 들은 내용이 궁금해서요. 혹시…… 영탁 전설 관련해서 여쭤볼 수 있을까요?"

나영이 깍듯하게 인사했다.

노인은 둘을 한동안 훑어보더니, 대문 옆으로 물러섰다.

"들어오려무나."

안채 마루는 낮았고, 마당 끝 쪽 작은 사랑채는 작은 박물관처럼 꾸며져 있었다. 오래된 풍경(風磬)과 목탁, 알 수 없는 문양이 새겨진 돌조각들, 바랜 족보와 필사본이 유리장 안에 정돈돼 있었다. 형광등 대신 따뜻한 스탠드 조명이 물건들의 가장자리를 은근히 빛내고 있었다.

"나는 오병수라고 하네. 우리 집안이 대대로 건원릉을 지키던 능참봉을 맡았지. 요즘은 제도도 바뀌고, 직함이 이름 그

대로 이어진 건 아니지만, 그래도 지키는 마음만큼은 놓지 않고 살아."

노인이 자리에 앉으며 말을 이었다.

"영탁 얘길 하러 왔다고?"

나영이 고개를 끄덕였다.

"네. 답사 때 해설사님한테 들었어요. 태조가 원령들을 방울에 묶어 봉인했다는 전설이요. 그리고 12지신상이 훼손되면 그 봉인이 약해진다고요."

노인은 잠깐 눈을 감았다가 뜨며 지훈을 바라보았다.

"네 눈빛이 시끄럽구나."

지훈이 당황해 어깨를 움찔거렸다.

"죄송합니다."

"사과할 일은 아니야. 귀가 소란하다는 뜻이지. 뭔가를 들은 눈빛이야."

노인이 빙긋 웃더니, 유리장 안에서 네모난 나무 상자를 꺼내 왔다. 상자 뚜껑에는 억새가 바람에 눕는 문양과 그 사이에 작은 방울이 음각으로 새겨져 있었다.

"이건……."

나영이 숨을 삼켰다.

"영탁의 모형, 진짜는 이미 오래전에 산산이 흩어졌지. 임진왜란 무렵에 일부가 파손되었다는 설도 있고, 조선 말 큰 도굴 소동 때, 봉인을 지키던 자가 조각으로 나누어 감췄다는 말도 있어."

 노인은 상자를 열었다. 안에는 작은 금속 조각들이 있었는데, 어느 하나도 온전한 반원을 이루지 못했다. 모서리가 닳아버린 초승달 같은 파편, 네모난 가장자리에 홈이 난 파편, 안쪽으로 얇은 음각이 이어졌다가 끊긴 파편. 장갑을 끼고 파편 하나를 조심스럽게 들었다. 표면엔 반쯤 지워진 글자들이 얼룩처럼 배어 있었다.

 "방울은 소리만 내는 물건이 아니다. '이름'을 묶는 기물이다. 이름이 불릴 때 생기는 떨림을 받아 묶어 두지. 죽은 자에게는 길이 되고, 산 자에게는 경계가 된다. 그래서 억새가 봉분을 덮고, 12지신상이 둘레를 지키는 거야. 억새는 넋을 감싸고, 12지신상은 사방을 붙들고, 영탁은 불린 이름들을 묶는다."

 지훈의 손이 무릎 위에서 스스로 웅크렸다가 펴졌다. 이름을 묶는다……. 어젯밤, 자신이 불렀던 그 두 음절이 파문처럼 귓속을 다시 흔들었다. 그때, 주머니 속에서 사각거리는 감촉이 떠올라 무심코 주머니에 손을 넣었다. 찬 플라스틱의 모서리가 손끝에 닿았다. 창고에서 주워 온 명찰 카드였다.

 노인은 그 작은 동작을 놓치지 않았다.

 "가지고 있는 걸 꺼내 보겠니?"

 지훈은 망설이다 명찰 카드를 꺼내 상 위에 올려두었다. 투명한 케이스 속 종이는 거의 빈 페이지였고, 모서리에 검은

획이 하나, 겨우 붙어 있었다. '―서.'

그의 얼굴이 단단해졌다.

"어디서 났지?"

"학교 창고에서요. 분실물 상자 사이에 섞여 있었어요."

지훈의 목소리가 미세하게 떨렸다. 나영이 빠르게 그를 보았다. 눈빛에는 놀람과 걱정과 알 수 없는 결의가 섞여 있었다. 노인은 잠시 말없이 명찰을 바라보다, 상자 속 파편 하나를 집어 카드 옆에 나란히 놓았다. 놀랍게도 파편의 음각과 명찰 종이에 남은 잉크 획의 각도가 묘하게 닮아 있었다.

"영탁이 깨질 때, 소리의 길도 함께 조각났다."

그의 목소리는 낮고 굵었다.

"그 조각들은 사람과 물건, 기록과 그림자 속으로 흩어져 들어갔다. 누군가는 목에 걸던 작은 펜던트로, 누군가는 창고 구석 명찰의 쇠고리 소리로, 또 누군가는 사진 속 빈자리로. 그러니 너 같은 아이가 느끼는 건 이상한 일이 아니야. 너에게 붙잡힌 조각이 있어서지."

"붙잡힌 조각이요?"

나영이 되물었다.

"사람은 누구나 이름을 갖고 살지. 누군가의 이름을 오래, 깊이 부르면 그 떨림이 가슴안에 문양을 남긴다. 그리고 그 문양은 조각을 불러들이기도 하지."

노인은 지훈을 똑바로 보았다.

"너는 이미 무엇을 불러본 눈이다."

지훈은 입술을 깨물었다. 말하지 않아도, 그는 아는 듯했다. 김준서. 그 이름을 부를 때, 방이 떨리던 감각이 다시금 손끝을 시리게 만들었다.

노인은 상자 안을 가만히 들여다보며 말을 이었다.

"영탁에는 오래된 규칙이 있어. 우린 그것을 '호명문(呼名文)'이라고 부른다. 규칙은 세 가지로, 첫째, 온전한 이름이어야 한다. 조각난 글자나 별명, 왜곡된 호명은 소리를 어긋나게 만들어 부름을 흐리게 하거나 부르는 자를 해친다. 둘째, 증언하는 입이 둘 이상이어야 한다. 한 입술의 호명은 너무 가볍다. 둘의 목소리가 서로를 받쳐줄 때, 이름은 무게를 얻는다. 셋째, 증표가 있어야 한다. 사진, 필기, 쓰던 물건같이 살아 있었음을 증명하는 무언가. 이 셋이 맞물릴 때, 영탁이 진짜로 울린다."

나영이 숨을 삼켰다.

"그러니까 지금 우린 셋 중 하나만 갖고 있는 셈이네요. 증표, 명찰. 이름은 아직 온전하지 않고, 증언도 한 명뿐."

"그래."

노인이 고개를 끄덕였다.

"그래서 위험하다. 어젯밤, 네 방에 왔던 건 너를 삼키려는 것이었을 수도 있다. 부름이 흔들릴 때, 비형(非形)은 그 틈을 탄다."

비형이라는 말에 지훈의 등에 얼음물 한 바가지를 끼얹는 듯한 소름이 올랐다. 그림자, 속삭임, 지워진 자리. 노인의 말이 방 안의 묵은 공기를 한 번 더 갈랐다.

"비형은 모양이 없다. 기록에서 밀려난 이름들, 고의로 지워진 글자들, 부정된 증언들, 그 응어리가 모여 만든 그늘이다. 하나의 존재라기보다, 지워짐의 성질에 더 가깝지."

노인은 빛바랜 필사본을 꺼내 펼쳤다. 묵서로 적힌 문장들이 한 줄씩 가지런했다. 몇몇 단어는 번지고 지워져 빈칸만 남아 있었다.

"이것 보아라. 실록의 사식주(蛇食蛛) 설화에서 갈라져 나온 흔적이다. 글자와 기억을 먹는 것, 우리 쪽에서는 그걸 비형이라 불러왔다."

지훈의 호흡이 가빠졌다.

"그럼, 준서도 비형이……."

"성급히 단정할 일은 아니다."

노인이 손을 내저었다.

"다만, 네가 부른 이름의 파동이 통했다는 건 확실하다. 조각이 반응했으니까. 이제 남은 건 온전한 이름과 증언을 보태 줄 목소리다."

나영이 지훈을 향해 고개를 끄덕였다.

"우리가 할 수 있어. 내가 증언할게. 너 혼자 아니야."

그 한마디가 지훈의 가슴을 가볍게 때렸다가 깊게 스며들었다. 한 입술의 호명은 너무 가볍다. 둘의 목소리가 서로를 받쳐줄 때, 이름은 무게를 얻는다.

그는 나무 상자 옆에서 작은 종을 들어 보였다. 방울도 풍경도 아닌, 아주 얇은 금속의 고리였다.

"이건 '소리 씨앗'이다. 영탁을 바로 울릴 수는 없지만, 조각이 어디 붙어 있는지 가리키는 장치지. 누군가의 이름이 묶였던 자리 근처에 가면, 미세하게 떨린다."

노인이 말을 끊고 지훈의 눈을 보았다.

"조각은 네 가지 줄기다. 억새, 돌, 글, 쇠. 억새는 바람 타는 곳에 숨어들고, 돌은 상징을 잃은 자리로 가라앉는다. 글은 책과 공문서의 빈칸을 좋아하고, 쇠는 명찰, 열쇠고리, 풍경처럼 사람의 손에 닿는 것을 택하지. 네가 가진 건 '쇠'의 조각이다. 나머지 셋을 찾아야 비형의 길을 잠시라도 묶을 수 있을 게다."

나영의 눈빛이 반짝였다.

"하지만 기억해야 한다. 허락받은 자리에서 낮에 움직여라. 밤엔 길이 뒤집힌다. 비형은 어둠의 어법을 쓰거든."

노인은 마지막으로 지훈을 바라보았다.

"애야, 네 학생증을 늘 몸에 지녀라. 이름이 적힌 명패는 잠깐이나마 너를 잡아줄 것이다. 방패는 아니지만, 닻은 되지."

"네. 기억하겠습니다."

지훈은 집으로 돌아오는 버스 안에서 줄곧 주머니를 쥐고 있었다. 노인이 건네준 작은 금속 고리, 소리 씨앗. 그것은 손바닥 안에서 거의 무게를 느낄 수 없을 만큼 가벼웠지만, 이상하게도 손끝에서는 미세한 떨림이 이어졌다. 그것은 심장이 뛰는 박동과 어긋나 있었고, 어쩐지 다른 세계의 맥박처럼 느껴졌다.

나영은 옆자리에서 고개를 숙여 공책에 빼곡히 필기하고 있었다. 그녀는 노인의 말을 하나하나 빠뜨리지 않고 기록하려 애쓰는 듯했다. 종이 위에 적힌 글씨가 버스의 흔들림 속에서도 단단하게 이어졌다. 지훈은 나영의 필기를 힐끗 바라보다가, 창밖으로 고개를 돌렸다. 석양이 아파트 단지 사이로 길게 뻗어 들어오고 있었다.

'이름은 소리다. 소리는 울림을 만들고, 울림은 묶임이 된다.'
노인의 목소리가 머릿속에서 메아리쳤다.

나영이 조심스레 물었다.

"지훈아, 넌 왜 그렇게까지 준서를 붙잡으려는 거야? 솔직히 무섭지 않아?"

지훈은 대답 대신 눈을 감았다. 그리고 잠시 후, 낮은 목소리로 말했다.

"무서워. 하지만 나의 유일한 친구였던 그 아이가 사라지는 걸 보고도, 아무도 기억하지 못하는 걸 보고도, 나마저 잊어버린다면, 그건 죽음보다 더 잔인한 거 같아. 이름이란 건, 그 사람의 무게잖아. 나는 그 무게를 놓치고 싶지 않아."

나영은 고개를 끄덕였다. 그녀의 눈빛이 흔들렸지만, 그 안에는 강한 결의가 있었다.

"좋아. 그럼, 우리 같이 붙잡자. 영탁의 원리를 알면, 틈새를 메울 수 있을지도 몰라."

아침이 되어 학교로 가는 길, 소리 없이 다가온 나영이 옆에서 걸으며 말했다.

"선생님에게 톡이 왔는데, 오늘 오후에 마을회관에서 자료 정리 봉사가 있대. 우리 역사 동아리도 참여하라더라. 건원릉 근처 마을 어르신들이 모여 사는 곳이야. 혹시 거기서 전설 같은 단서가 나오지 않을까 싶어."

지훈은 고개를 끄덕였다. 마음은 여전히 무거웠지만, 어제 오병수 노인이 말했던 '네 줄기의 조각'이 떠올랐다. 억새, 돌, 글, 쇠. 지금 자신이 가진 건 쇠의 파편뿐이었다.

동구릉 인근 마을회관 마당에는 오래된 평상과 억새 빗자루가 기대어 있었고, 벽에는 빛바랜 현수막이 걸려 있었다. '동구릉 보존 마을회'. 나영은 준비해 온 노트를 꺼내 들고, 지훈의 눈길은 주변을 두리번거렸다. 회관 안에는 오래된 기록물 상자와 마을 어르신들이 모여 앉아 있었다.

회장을 맡은 백발의 노인이 아이들을 보며 반겼다.

5. 영탁의 조각들

"학생들이 왔다고? 잘 왔네. 요즘 젊은 사람들은 이런 데 관심도 없는데."

나영이 인사하며 말했다.

"학교에서 역사 동아리 활동으로 봉사하러 왔어요. 혹시 건원릉과 관련된 옛 전설이나 기록 같은 걸 알고 계신 분 계실까요?"

회장은 잠시 생각하다가 고개를 끄덕였다.

"수호석 얘기를 들어본 적 있지?"

지훈의 귀가 번쩍 열렸다.

"수호석이요?"

"그래. 건원릉을 지키는 돌 방울, 영탁이 깨질 때 함께 있던 돌조각들 말이야. 원래는 네 귀퉁이에 박혀 있었는데, 오래전에 몇 개가 사라졌다네."

나영이 급히 펜을 꺼내 적었다.

"그 돌들이 어디로 갔는지는 알려져 있나요?"

"내가 어릴 적 들은 얘기로는, 도굴꾼들이 파헤치려 하다가 이상한 소리를 듣고 겁에 질려 달아났다고 해. 그때 수호석 하나가 봉분 옆 억새밭으로 굴러 들어갔고, 마을 사람들이 그걸 회관으로 옮겼다더군. 근데…….."

회장은 목소리를 낮췄다.

"그 돌이 어느 날 사라져 버렸어. 아무도 손대지 않았는데 말이지."

지훈의 손바닥이 땀으로 젖었다. 사라진 수호석, 봉인의 균열은 어쩌면 그때부터 시작된 것인지도 몰랐다.

회관 한쪽 구석에서 다른 할머니가 말을 보탰다.

"내가 젊었을 적에 본 돌은 호랑이 얼굴이 새겨져 있었어. 하지만 눈과 입은 희미했지. 마치 누군가 일부러 긁어낸 것처럼. 그 돌이 사라진 뒤로 마을에 기묘한 일들이 생겼어. 개들이 한밤중에 허공을 보고 짖거나, 아이들이 억새밭에서 길을 잃기도 했지."

지훈은 숨을 삼켰다. 건원릉에서 보았던 훼손된 12지신상의 호랑이 그리고 사라진 준서의 얼굴 없는 기억이 겹쳤다. 수호석은 단순한 돌이 아니었다. 영탁과 함께 봉인을 지탱하는 핵심이었다.

나영이 조심스럽게 물었다.

"혹시 그 돌이 사라진 이후, 찾으려는 시도는 없었나요?"

회장은 고개를 저었다.

"몇 번 찾아봤지만, 흔적이 없었지. 다만 이상한 소리가 들렸다는 말은 있어. 바람 없는 날에도 짤랑, 방울 소리 같은 게 들렸다고들 했지."

지훈의 등줄기가 서늘해졌다. 그 소리는 자기만 듣던 소리였다. 이제 퍼즐이 하나로 이어지고 있었다. 사라진 수호석이 아직 어딘가에서, 방울의 울림과 함께 숨 쉬고 있는 것이다.

봉사가 끝나갈 무렵, 회장은 아이들에게 작은 수첩 하나를 내밀었다. 표지가 닳아 있었고, 안쪽에는 누군가 빽빽하게 적어 놓은 글씨가 있었다. '영탁 전설 기록(초안)'. 그 안에는 봉인을 둘러싼 민간 설화와 함께, 수호석이 사라진 시기를 추정한 기록이 적혀 있었다.

"이건 우리 마을에서 전해 내려오는 이야기야. 정식 기록은 아니지만, 너희가 연구하는 데 도움이 될 거다."

지훈은 수첩을 받으며 깊게 고개를 숙였다. 손끝에 전해지는 종이의 질감은, 단순한 기록 그 이상이었다. 이름이 지워지고, 얼굴이 사라지고, 기억이 흔들리던 세상에서 아직 남아 있는 진짜 흔적.

회관을 나와 마을 골목길을 걸을 때, 지훈은 속으로 다짐했다.

'나는 반드시 그 돌을 찾아야 한다. 수호석이 돌아와야 준서도 돌아올 수 있다.'

6. 독각귀의 울음

 마을회관에서 돌아오는 길, 지훈은 어깨에 묘한 무게가 걸려 있는 듯한 느낌을 받았다. 나영이 옆에서 전해 받은 기록 수첩을 꼭 끌어안고 있었고, 지훈은 곁에서 무심히 고개를 돌려 뒤를 확인했다. 아무도 없었다.
 버스 정류장으로 이어지는 좁은 골목길은 가을바람에 먼지가 흩날리고 있을 뿐, 사람 그림자는 보이지 않았다. 하지만 누군가의 시선이 끈질기게 따라붙고 있다는 직감이 떠나지 않았다.
 버스에 올라타서도 그 불안은 계속됐다. 창문에 비친 자기 얼굴 뒤로 스쳐 지나가는 거리 풍경 사이, 순간적으로 검은 그림자가 끼어드는 것 같았다. 후드를 깊게 눌러쓴 형체가 버스 정류장 근처에 서 있던 게 확실했다.
 "무슨 일이야? 얼굴이 더 창백해졌어."
 나영이 물었지만, 지훈은 고개를 저었다. 아직은 말할 수 없었다. 혹시 자신이 예민한 건 아닐까? 하는 생각이 들었다.

그날 밤 꿈에서도, 억새밭은 지훈을 기다리고 있었다. 바람 없는 공간에서 억새가 한쪽으로만 기울었고, 그 사이로 낮고 거친 숨소리가 스쳤다. 그는 소리의 방향을 따라 걸었다. 그러자 후드를 깊게 눌러쓴 누군가가 등 돌린 채 서 있었다. 손끝은 흙을 긁고 있었고, 그림자 속 얼굴은 보이지 않았다. 지훈이 가까이 다가가자, 상대는 천천히 고개를 돌렸다. 얼굴은 없었다. 대신 번들거리는 검은 틈이 구멍처럼 파여 있었고, 그 안에서 속삭임이 새어 나왔다.

"넌 끝내 버틸 수 없을 거다. 기억은 독이다. 네 이름조차 무너질 것이다."

지훈은 눈을 뜨며 벌떡 일어났다. 온몸이 식은땀으로 젖어 있었다. 그러나 창밖을 본 순간, 등골이 얼어붙었다. 골목 가로등 불빛 아래, 누군가 서 있었다. 후드를 깊게 눌러쓴 채, 가만히 아파트 쪽을 바라보고 있었다. 얼굴은 어둠에 가려져 보이지 않았지만, 시선이 정확히 그의 방 창문을 향하고 있었다.

지훈은 커튼을 급히 닫았다. 그러나 심장은 이미 쿵쾅거리며 요동쳤다. 그는 학생증을 손에 쥐고 중얼거렸다.

"정지훈. 나는 정지훈이다."

목소리는 떨렸지만, 이름을 부르는 행위 자체가 자신을 붙잡아주는 닻이었다.

다음 날, 학교 복도에서 나영이 다가와 조용히 물었다.

"지훈아, 너 뭔가 이상해. 혹시 누군가 따라오는 것 같다는 말 하려던 거지?"

지훈은 망설이다 고개를 끄덕였다. 그녀의 눈빛은 잠시 흔들렸지만, 곧 단단해졌다.

"나도 느꼈어. 누군가 그림자를 밟고 따라붙는 느낌. 그럼, 사실일 수도 있어. 어제 회관에서 우리가 들은 얘기를 생각해 봐. 수호석이 사라진 뒤로 마을에 기묘한 일들이 일어났다고 했잖아. 아마 그 균열에 끌려 나온 존재일지도 몰라."

그건 단순한 불안이 아니었다. 실제로 따라오는 눈이 있었다. 지훈은 창고에서 만난 얼굴 없는 자, 방 안의 속삭임, 억새밭의 환영을 모두 떠올렸다. 그리고 이제는 현실의 골목까지 따라붙었다.

하교 후, 지훈은 일부러 집으로 바로 가지 않았다. 나영과 함께 동네 뒷골목을 걸으며 시선을 확인했다. 인적 드문 길, 녹슨 자전거와 쓰레기봉투 사이로 바람이 불었다. 순간, 골목 끝에서 후드를 깊게 눌러쓴 형체가 잠시 멈춰 서 있는 게 보였다.

"봤지?"

지훈이 숨을 죽이며 속삭였다. 나영은 놀라지 않고 천천히 고개를 끄덕였다.

"응, 나도 봤어."

그제야 지훈은 자신의 불안이 환상이 아니었음을 확신했다. 누군가 혹은 무언가가 정말로 그들을 추적하고 있었다. 후드 속 추적자는 얼굴이 없었지만, 눈빛 없는 그 시선은 분명히 살아 있었다.

다음 날, 점심 무렵부터 예보 없이 빗방울이 찍히더니, 하교 종이 울릴 즈음엔 운동장 위가 회색 물결로 번들거렸다. 교문 앞으로 몰려나온 우산들 사이에서 지훈은 본능적으로 뒤를 한 번 돌아봤다. 충혈된 하늘 아래 비에 젖은 가로수 가지들, 흙탕물이 흐르는 배수로. 사람들로 엉긴 풍경 속에서도 '그것'은 눈에 띄었다.

어제 골목에서 보았던 그 형체, 후드를 깊게 눌러쓴 채, 비를 맞으면서도 이상하리만치 고개를 들지 않는 누군가. 멀찌감치 서 있었지만, 시선은 분명 지훈 쪽을 찔러왔다.

"정지훈!"

나영이 노란 우산을 높이 들어 보이며 뛰어왔다. 우산살 위로 떨어지는 빗방울이 투두둑, 규칙적으로 박혔다.

"버스 바로 온대. 뛰자!"

지훈은 고개를 끄덕였지만, 발이 쉽게 떨어지지 않았다. 우산 끝 너머로 흘끗 본 그 자리엔 어느새 아무도 없었다. 정류장엔 비 피하려는 아이들이 가득했다. 우산들 사이를 비집고 서자, 나영이 귀에 바짝 대고 속삭였다.

"오늘 회관 자료 다시 정리해 본 거, 네가 집에서 받아 적은 메모랑 맞춰보자. 수호석 얘기, 날짜가 자꾸 어긋나. 뭔가 감춘 기록이 있어."

"그래."

지훈은 짧게 대답했다. 그의 주머니 안에서 소리 씨앗이 아주 미세하게 톡, 하고 떨렸다. 전 같았으면 우연이라 생각했을 것이다. 하지만 빗소리 속에서 그 떨림은 점점 선명해졌다. 마치 '가까워'라고 말하는 것처럼.

버스가 미끄러지듯 왔다. 문이 열리자, 냉기가 와락 쏟아져 내렸다. 둘은 사람들 틈에 섞여 뒤쪽 자리로 향했다. 차창이 습기로 흐려지고, 바깥의 색채가 풀 먹인 종이처럼 번졌다. 지훈은 옆자리 등받이에 손을 걸친 채 창밖을 훔쳐봤다. 횡단보도 끝, 가게 처마 밑, 후드 속 얼굴 없는 형체가 서 있었다. 버스가 움직이자, 그림자도 속도를 맞추듯 천천히 뒤로 밀려났다.

"또야?"

나영이 눈치챘다.

지훈은 대답 대신 학생증을 주머니 속에서 한 번 더 만졌다. 차갑고 단단한 모서리가 손바닥 선에 닿았다. 닻처럼. 그는 속으로 자기 이름을 또박또박 더듬었다. 정-지-훈. 짧고 둔탁한 맥박이 가슴 안쪽에서 맞장구치듯 튀었다.

두 정거장 앞서 내렸다. 일부러 학교와 집의 중간, 사람들이 드문 골목으로 방향을 틀었다. 나영은 이유를 묻지 않았다. 그저 우산을 조금 더 기울여 두 사람의 머리 위를 단단히 가렸다.

 슈퍼와 분식집 사이의 협소한 골목. 간판 조명이 비에 젖어 흐릿했다. 지훈은 발끝으로 고인 웅덩이를 살짝 걷어차며 지나갔다. 그 순간, 웅덩이에 비친 두 사람의 그림자 옆으로, 세 번째 그림자가 삐죽 끼어들었다. 물결이 번지며 그림자의 윤곽이 흐트러졌고, 단 하나의 윤곽만이 끝까지 남았다. 마치 이마에서 솟은 '뿔'처럼 우산살 끝에서 삐져나온 금속 한 갈래.

 "봤어?"

 지훈이 숨죽여 물었다.

 "응."

 나영의 목소리가 아주 낮아졌다.

 "독각귀."

 비에 잠긴 공기가 멎은 듯했다. 독각귀, 홀로 울음을 삼키며 외로움에 갇혀 자기 그림자만 더듬는 요괴.

 오병수 노인이 넘겨준 필사본 구석에 작게 적혀 있던 이름으로 외로움이 뿔을 만든다고 했다. 붙잡을 상대가 없을수록 뿔은 길어진다고.

 빗줄기가 순간 사선으로 휘었다. 바람이 골목 끝에서 밀려왔다. 그 틈을 타 누군가 우산 가장자리를 잡아당겼다. 나영의 손목이 안쪽으로 젖혀지며 우산이 휘청였다. 지훈이 본능적으로 우산대를 움켜쥐는 순간, 다른 손길이 그의 손등에 얹혔다. 차갑지 않았다. 차가움을 지나, 혈이 빠져나가는 얼음의 온도. 뼈와 살 사이가 비워져 가는 것 같은 촉감이었다.

"놔!"

나영이 우산을 움켜쥐고 몸을 돌리며 소리쳤다. 그러나 그 손길은 방향을 바꾸지 않았다. 지훈의 손등을 타고, 손목을 감아, 맥박이 뛰는 곳을 정확히 눌렀다. 손목의 피부 아래 어딘가에서 뚜렷하던 리듬이 한 박, 한 박씩 늦춰졌다. 심장이 아니라, 기억의 박동이 꺼지는 느낌이었다.

"이름을……."

소리가 들렸다. 비의 자음과 우산의 금속이 낸 모음 사이로, 틈새 같은 목소리가 새어 나왔다. 울음 같은, 사과 같은, 요구 같은, 분간이 어려운 소리.

"이름을, 한 번만……."

지훈의 시야가 순간 하얘졌다. 몇몇 장면이 영화처럼 꺼졌다가 켜졌다. 초등학교 때 첫 발표를 하던 날의 초록 칠판. 엄마가 가게로 출근하던 밤 현관 문턱. 중학교 교실 창가에 비친 해가 질 녘. 그런데 파노라마처럼 펼쳐지던 장면들 사이에 구멍이 났다. 구멍에는 비가 스며들었고, 그 물이 점점 불어나 기억의 종이를 불려버렸다.

주머니 속 소리 씨앗이 미친 듯 떨렸다. 손끝까지 진동이 번져왔다. 지훈은 이를 악물었다. 나는 누군가의 이름을 불러야 한다. 아니, 먼저 나를 붙들어야 한다. 혀가 굳어가는 걸 억지로 떼 내듯, 그는 소리의 첫 자를 끌어올렸다.

"정……."

바람이 고막을 때렸다. 우산살이 삐걱댔다. 독각귀의 손끝이 더 깊이 파고들었다. 마음 한가운데서 무언가 툭, 하고 끊어질 듯했다. 그때 나영의 목소리가 번개처럼 달려왔다.

"정지훈!"

둘의 호명이 겹쳤다. 호명문 두 번째 규칙, 둘의 증언. 비 내리는 골목 한복판에서, 두 목소리가 서로를 떠받쳤다. 지훈의 이름이 공기 중에서 잠깐 무게를 얻자, 그 무게가 손목으로 돌아왔다. 독각귀의 손끝이 순간 움찔했다. 비가 그 손끝에서 튀며 얇은 물비늘로 부서졌다.

지훈은 틈을 놓치지 않았다. 학생증을 꺼내 손등과 손목 사이에 밀어 넣었다. 차갑던 학생증이 손바닥 열에 녹아드는 대신, 거꾸로 손바닥을 살짝 덮혔다. '닻'이 무게를 올렸다. 미세한 떨림이 학생증 가장자리에서 번개처럼 흘러나가 독각귀의 손가락 마디를 툭 치고 지나갔다.

그 순간, 지훈은 보았다. 비에 젖은 우산 가장자리에서 삐져나온 금속 한 줄, 그 끝에 매달린 방울만 한 물방울. 물방울은 떨어지는 대신 거꾸로 떠올라, 독각귀의 이마 어딘가로 흡수되듯 스며들었다.

뿔의 자리. 외로움이 뿔을 키우고, 뿔은 이름을 들이킨다.

그는 직감했다. 이 존재는 주워 먹는 게 아니라, 빈자리를 핥아 넓히는 방식으로 산다고.

나영이 다시 불렀다.

"정지훈!"

지훈이 따라 붙였다.

"정지훈!"

둘의 호명이 우산 밑 좁은 공간을 꽉 채웠다. 비가 만드는 무수한 박자 사이로, 도드라진 리듬이 생겼다. 이름의 리듬. 독각귀의 손끝에서 힘이 빠졌다. 잡고 있던 살결이 미세하게 풀리고, 껍질만 남은 손이 물속으로 가라앉듯 미끄러졌다.

그 자리에 남은 건 파르스름한 얼얼함과 가려움 아닌 가려움. 손목 위로 얇게 한 줄의 흔적이 그어졌다. 뿔의 단면 같은 반달 모양이었다.

독각귀는 우산 너머 어둠으로 물러났다. 뚜렷한 발자국도 남기지 못했다. 대신 웅덩이 속 그림자만이 한 번 크게 파동을 쳤다. 물결이 가라앉고, 흔적은 사라졌다.

둘은 숨을 고르며 우산 막대에 기대섰다. 한동안 말이 없었다. 빗줄기는 여전히 굵었다. 지나가던 차가 고인 물을 튀며 지나가자, 수면 위로 동그란 파문들이 겹겹이 퍼져 나갔다.

"괜찮아?"

나영이 조심스럽게 물었다. 지훈은 고개를 끄덕였지만, 얼굴은 하얗게 질려 있었다.

"잠시 아무것도 생각 안 나는 순간이 있었어. 집 주소, 엄마 얼굴…… 모두 다."

나영의 눈이 커졌다가 곧 촉촉해졌다.

"그래서 내가 네 이름을 불렀어. 둘의 목소리면 버틸 수 있다고 했잖아."

그녀가 지훈의 손목을 들어 살폈다. 반달 모양의 희미한 흔적이 있었다.

"이건, 너한테 표시를 남기려는 거야. 다음에 더 깊이 들어오려고."

소리 씨앗이 주머니 안에서 다시 떨렸다. 이번엔 방향이 분명했다. 골목 끝, 폐가로 불리는 오래된 2층 양옥 쪽. 비에 젖은 경고 테이프가 처마 밑에서 축 늘어져 흔들렸다. 떨림은 그곳을 가리켰다. 수호석의 잔광인지, 아니면 비형의 둥지인지 알 수 없었다.

둘은 가까운 편의점 처마 밑으로 뛰었다. 자동문이 열리며 따뜻한 기운이 쏟아졌다. 젖은 우산을 털자, 우산살 끝에서 물방울이 똑똑 바닥을 찍었다.

컵라면을 받아 들고 창가 자리에 앉았다. 김이 일었다. 뜨거운 냄새가 기관지 안쪽까지 들어와 얼어붙은 것을 조금씩 녹였다. 나영이 수첩을 꺼내 조금 전 일을 적었다. 글씨는 흔들리지 않았다. 지훈은 그녀의 손등을 힐끗 봤다. 손가락 마디엔 비에 젖은 흔적이 가늘게 남아 있었다.
"독각귀는 왜 우산을 잡았을까?"
지훈이 중얼거렸다.
"아마도…… 우산살 끝이 뿔과 닮아서?"
더 이상 말을 보태지 않았다. 빗소리가 유리창 너머에서 일정하게 흘렀고, 편의점 스피커가 틈틈이 음악을 흘렸다. 지훈은 뜨거운 국물을 떠먹으며 손목의 반달 자국을 내려다보았다. 긁으면 가루가 떨어질 듯 미세하게 일어난 피부. 언젠가 이 자리를 더 깊게 파고들어 이름을 빼앗으려 들 것이다. 그때까지 버텨야 한다. 버티는 동안, 조각을 더 모아야 한다. 수호석, 억새, 글, 쇠. 그중 하나가 골목 저편에 있을지도 모른다.
편의점을 나설 때, 빗줄기는 한결 잦아 있었다. 가로등 아래로 떨어지는 물방울이 드문드문 빛났다. 골목 끝 폐가 쪽에서 바람이 한 번 일었다. 주머니 속 소리 씨앗이 마지막으로 가볍게 떨렸다. 지금은 아니다, 그렇게 말하는 것처럼.

방에 들어서자, 지훈은 신발을 벗을 새도 없이 책상으로 다가갔다. 젖은 가방을 내려놓자마자 제일 먼저 꺼낸 건 학생증이었다. 비에 젖은 옷보다 더 급하게 붙잡고 싶었던 건, 고작 손바닥만 한 플라스틱 카드였다. 그리고 그 안에 새겨진 세 글자, 정지훈. 단순한 글자에 불과하지만, 지금의 지훈에게는 살아 있다는 증거이자 세상과 연결된 마지막 줄 같았다.

그는 학생증을 손바닥에 꾹 눌렀다. 차갑고 매끄러운 감촉이 전해졌다. 우산 아래에서 독각귀의 손길이 기억을 잠식해 들어오던 순간, 마지막으로 자신을 붙잡아 준 건 다름 아닌 이 학생증이었다. 이름이 적힌 카드 하나가 어둠 속에서 닻이 되어주었다. 지훈은 낮게 중얼거렸다.

"내 이름, 아직은 남아 있어."

7. 거울 속 균열

가을 하늘은 밤을 일찍 내려 앉혔다. 비는 그쳤지만, 골목의 배수구에서는 여전히 젖은 흙냄새가 올라왔다. 지훈은 학생증을 셔츠 주머니 쪽으로 한 번 더 밀어 넣으며, 나영이 안내하는 좁은 골목을 따라 걸었다. 붉은 벽돌 담장 끝에 작고 오래된 간판이 하나 매달려 있었다.

'동구릉 문화재 보존 공방'

나영이 초인종을 누르자 안쪽에서 빗장 풀리는 소리가 났다.

"들어와."

낮게 가라앉은 목소리였다. 문이 열리자, 약품과 오래된 나무 냄새가 뒤섞여 흘러나왔다. 작은 공방에는 금 간 도자기와 낡은 석물 파편, 금줄과 삼베, 얇은 솔과 붓 그리고 빛을 오래 머금은 듯한 구리 거울들이 벽면을 채우고 있었다. 형광등은 있었지만, 주된 조명은 탁자 위에 놓인 따뜻한 스탠드 하나뿐이었다. 그것만으로도 방 안의 물건들이 적당히 숨을 쉬는 것처럼 보였다.

　나영의 아빠가 모습을 드러냈다. 마른 체구에 잿빛 앞치마, 굽은 어깨. 그러나 눈빛은 또렷했다. 그는 두 사람을 차례로 훑어보고는 스탠드 불을 조금 낮췄다.

　"밤엔 강한 빛을 오래 켜두지 않는 게 좋아. 오래된 것들은 빛에도 닳으니까."

　"아빠, 소개할게. 같은 반이면서 동아리 친구, 정지훈."

　"안녕하세요."

　지훈이 허리를 숙이자, 남자는 짧게 끄덕였다.

　"그래, 지훈이."

　그가 지훈의 얼굴을 한 번 더 살피더니, 어느 순간 시선이 지훈의 가슴께에 머물렀다. 학생증의 각진 윤곽이 셔츠 너머로 어슴푸레 드러났다.

　"그거, 꼭 지니고 다녀."

　그는 마치 오래전부터 알고 있었던 사람처럼 자연스레 밀했다.

　"이름을 바깥으로 보이게 하는 물건은 때론 몸 안의 빈 곳을 대신 막아 주지."

　말끝이 조금 떨렸다. 나영이 알아챘는지 조심스레 입을 열었다.

　"아빠, 우리…… 건원릉 얘기, 영탁 얘기, 그리고……."

　그녀가 지훈을 힐끗 봤다.

"봉인 의식 얘기, 해 줄 수 있어?"

나영의 아빠는 한숨을 길게 내뱉었다.

"그 얘기를 너한테는 들려주고 싶지 않았지."

한동안 침묵이 흐른 뒤, 그는 공방 한가운데 낮은 진열장 앞에 서서 열쇠로 유리문을 열었다. 그리고 안에서 무언가를 꺼냈다. 손바닥만 한 둥근 청동 거울. 거울 면은 세월의 막으로 반쯤 가려져 있었는데, 스탠드 빛이 비치자, 가장자리 문양이 드러났다. 바람에 춤추는 억새와 네 마리의 수호 짐승 그리고 아래쪽에는 사람의 얼굴과 닮은, 그러나 어딘가 춤추는 형상이 새겨져 있었다.

"처용의 거울이야. 복제품이지만 의식의 법도는 전한단다."

그는 거울을 두 손으로 받쳐 들고 말을 이었다.

"지나간 것의 그림자를 반사해 돌려보내는 도구지. 거울은 본래 빛을 되돌리는 물건이다. 되돌리는 힘으로, 이름을 무너뜨리려 오는 것들을 밀어낸다."

지훈은 무의식적으로 한 걸음 다가섰다. 거울 면에 자신의 윤곽이 얕게 비쳤다. 순간, 방 안의 공기가 가볍게 일렁였다. 주머니 속 소리 씨앗이 미세하게 떨렸다. 남자의 눈이 번쩍였다.

"울리는구나. 너한테 붙은 게 있네."

지훈은 숨을 삼켰다.

"어젯밤, 골목에서⋯⋯ 후드를 쓴 게 다가왔어요. 우산을 잡아당기고, 손목을……."

지훈은 반달 모양으로 남은 희미한 자국을 걷어 보였다.

나영 아빠의 표정이 굳어 있었다.

"독각귀로군. 외로움이 뿔을 키우는 요괴. 우산을 들면, 우산살 끝이 뿔의 자리인 줄 알고, 거기서부터 파고들지."

그는 준비된 듯 서랍에서 작은 주머니를 꺼냈다. 안에는 곱게 간 돌가루와 얇은 붓이 들어 있었다.

"흔적 위를 가볍게 덮어. 석분은 금줄 대신 경계를 그어준단다. 다만 임시일 뿐이다."

나영이 낮게 물었다.

"아빠, 그 의식…… 아빠가 다쳤던 그때 얘기, 해 줘."

그는 잠시 거울을 내려놓고, 손목을 주물렀다. 손목 안쪽엔 비스듬한 흉터가 있었다. 빛에 따라 옅게 드러나는 동그란 얼룩. 마치 오래된 방울이 피부에 눌러앉았다가 사라진 자국 같았다.

"건원릉이 지금처럼 정비되기 전, 마을에서 작은 봉인 의식을 도왔지. 난 보존 쪽 일을 했으니 절차만 지켜보려던 거였어. 그날은 바람이 거의 없었는데, 억새가 혼자 움직였지. 모서리의 12지신상 하나가 긁혀 있었고, 어르신들은 '영탁이 약해졌다'라고 했어. 우린 세 가지를 준비했지. 이름, 증언, 증표. 호명문을 아는 노인이 있었고, 그 노인이 나에게 거울을 맡겼어."

나영의 아빠는 능참봉 오병수 노인과 마을회관 회장이 해 줬던 이야기와 비슷한 말을 했다.

"우린 이름을 불렀어. 오래전 기록에서 지워진 아이의 이름을. 둘이 증언했고, 그 아이의 사진을 증표로 삼았지. 처음엔 잘 되는 듯했어. 그런데 마지막에……."

그는 말을 멈추었다. 스탠드 불이 아주 살짝 흔들렸다.

"마지막에 무엇인가 내 쪽으로 다가왔어. 형체 없이, 그냥 어둠처럼. 거울이 받아내지 못한 잔여가 내 손목으로 파고들었지. 방울 소리가 아니라, '무음'이 울렸어. 아무 소리도 없는데, 그 침묵이 귀를 찢었어."

지훈은 그 표현을 이해할 수 있을 것 같았다. 골목에서, 우산 아래에서 느꼈던 지워지는 촉감, 소리 없는 소리. 나영의 아빠는 잠시 눈을 감았다가 떴다.

"그날 이후, 하나가 비었어."

그는 조용히 손가락으로 관자놀이를 톡 건드렸다.

"큰일 아니라고 스스로 말해 왔어. 그러나 어떤 이름이 더 이상 입에서 나오지 않더군. 얼굴은 아는데, 소리로 불러낼 수가 없어. 내 동료였지. 장―……."

혀가 헛돌았다. 나영이 조용히 아빠의 손등을 감쌌다. 그는 겨우 미소를 지었다.

"봐라, 이렇게 구멍이 난다. 의식의 대가야."

그는 다시 거울을 들어 스탠드 빛 아래 놓아 보였다.

"그래서 규칙이 필요하다. 너희도 이미 들었겠지만, 다시 새겨라. 온전한 이름, 둘의 증언, 살아 있던 증표. 여기에 하나를 더 '순서'로 붙여라. 먼저 자기 이름을 세 번 부른다. 거울 앞에서, 서로가 서로를 불러 준다. 그다음에 잃어버린 이름을 부른다. 자신의 닻을 단단히 박은 뒤가 아니면, 되돌아오는 길이 얇아진단다."

나영과 지훈이 동시에 고개를 끄덕였다. 그는 얇은 천으로 거울 면을 부드럽게 닦았다. 거울의 어둠이 조금 벗겨지자, 안쪽에서 흐릿한 물결이 스쳤다.

"거울은 칼이 아니다. 방향이다. 소리의 길을, 바람의 길을, 그림자의 길을 돌려보내는 면."

그리고 지훈의 주머니를 가리켰다.

"네가 가진 씨앗이 울릴 때 이 거울을 '비껴' 세워라. 정면이 아니라 약간 비스듬히. 소리는 흐르며, 흐르는 것은 밀어낼 수 있다. 정면은 맞서는 자리이고, 맞섬은 항상 대가를 요구한다."

지훈은 소리 씨앗을 꺼내 손바닥 위에서 살짝 굴렸다. 금속 고리가 손금 위에서 가볍게 사각거렸다. 순간, 거울 끝이 아주 미세하게 떨렸다. 그가 만족한 듯 숨을 내쉬었다.

"반응하는구나. 네가 부른 이름들이 붙어 있단 뜻이다."

"아빠, 이걸로 준서를 찾을 수 있을까?"

나영의 목소리는 조심스러웠지만, 단단했다. 나영의 아빠는 고개를 천천히 끄덕였다.

"찾을 수 있어. 다만 완전한 복귀는 기대하지 마라. 이름은 돌아오지만, 이름 이전의 시간은 누구의 소유도 아니다. 대신 불러 주는 행위가 그를 붙들어 준다. 너희가 계속 불러라. 돌아오려는 자는 그 부름을 따라 길을 만든다."

그는 서랍을 뒤져 하얀 분말이 든 작은 병과 얇은 붓 그리고 낡은 노트를 건넸다. 노트 겉장에는 '의식 순서'라고 적혀 있었다. 메모엔 간결한 문장 몇 줄뿐이었다.

- 거울 앞, 한 사람씩 자기 이름 세 번.
- 서로의 이름 한 번씩 교차.
- 증표(사진·필기·물건)를 거울 밑에 둔다.
- 잃어버린 이름은 둘이 번갈아 온전하게 부르고, 마지막 한 번은 동시에.
- 바닥에 석분 경계를 반달로 긋고, 출구를 남겨 둔다.
- 끝날 때, 감사와 해산을 분명히 말한다(붙잡지 말 것).

"붙잡지 말라니요?"
지훈이 되물었다.
"애써 붙잡으면, 네 쪽이 먼저 끊어진다."
그의 눈빛이 깊어졌다.
"오는 자는 길을 기억한다. 네가 문을 걸어 잠그면, 그는 다시 밖에서 헤맨다. 기억은 문이 아니라 길이어야 한다."

새벽부터 부슬부슬 내리던 비가 아침이 되자 멎었다. 하늘은 여전히 흐렸지만, 공기는 맑아져 있었다.

나영은 전날 밤 아빠에게 받아온 상자를 품에 안고 교문을 들어섰다. 그 안에는 처용의 거울과 작은 붓, 석분이 들어 있었다.

지훈은 학생증을 목에 걸고, 가방 안에는 소리 씨앗을 조심스레 챙겼다. 오늘은 실험이자 의식의 첫 시도였다.

"음악실에 가자."

나영이 작게 말했다. 음악실은 5층 끝에 있었고, 방음 시설 덕분에 늘 고요했다. 커튼을 치면 마치 다른 세상처럼 외부와 단절됐다.

그들은 수업이 끝난 후, 일부러 복도가 한산해지는 시간까지 기다렸다가 음악실로 들어갔다.

커튼을 닫자, 빛이 줄어들었다. 긴장된 숨을 고르며 준비를 시작했다. 나영이 상자에서 붓을 꺼내 석분을 바닥에 반달 모양으로 그렸다. 경계 안쪽은 그들의 자리, 경계 밖은 그림자의 세계였다. 지훈은 거울을 삼각대로 세워 반쯤 기울였다.

"온전한 이름, 둘의 증언, 증표."

나영이 조용히 읊조렸다. 지훈은 학생증을 거울 밑에 두고, 명찰 조각도 그 옆에 나란히 놓았다.

먼저 지훈이 자기 이름을 세 번 불렀다.

"정지훈, 정지훈, 정지훈."

목소리는 떨렸지만, 방 안에서 세 번 이름이 울려 퍼지자 어둡던 공기가 살짝 가벼워졌다. 이어서 나영이 지훈의 이름을 불렀다.

"정지훈."

두 목소리가 겹치며 리듬을 이루었다. 지훈은 가슴 깊은 곳에서 작은 닻이 더 단단히 내려앉는 것을 느꼈다.

그들은 교대로 이름을 불렀다.

"김준서."

"김준서."

마지막으로 동시에 외쳤다.

"김준서!"

그 순간, 거울 표면이 요동쳤다. 금속이 떨리듯 웅, 하고 낮은 울림이 번졌다. 표면 위에 비친 둘의 모습이 흐려지더니, 다른 장면이 비쳤다. 억새가 끝없이 펼쳐진 언덕, 그리고 그 언덕을 따라 울음인지 웃음인지 알 수 없는 소리가 퍼졌다.

"보여?"

지훈이 속삭였다.

"응……. 하지만 조심해. 아직은 틈일 뿐이야."

거울 속 억새밭에 그림자 하나가 서 있었다. 후드를 쓴 형체와는 달랐다. 이번엔 더 뚜렷했다. 얼굴은 없지만 옷자락이 바람에 흔들렸고, 손끝이 억새를 스치고 있었다. 마치 다른 시대, 다른 공간에서 방황하는 자의 모습 같았다.

순간, 거울에서 바람이 불어왔다. 실제로 음악실 안의 커튼이 펄럭였다. 석분으로 그린 경계선이 살짝 흔들렸고, 가루 일부가 흩날렸다. 나영이 긴급히 붓으로 다시 선을 그었다.

"경계 지켜! 틈이 넓어지고 있어."

지훈은 학생증을 움켜쥐었다. 거울 속 그림자가 손을 뻗어 오고 있었기 때문이다. 투명한 유리를 사이에 두고 있지만, 그 손끝이 닿을 듯 다가왔다. 공기의 압력이 무겁게 내려앉았다.

그때, 거울 안에서 낮은 속삭임이 울렸다.

"기억해 줘……."

지훈은 심장이 철렁 내려앉는 걸 느꼈다. 준서였다. 목소리는 흐릿했지만 분명 준서의 톤이었다. 지훈의 눈가가 뜨겁게 젖었다.

"준서야! 나는 널 기억해!"

그러자 거울이 크게 흔들렸다. 표면에 금이 가는 듯한 파동이 일었고, 억새밭이 찢어지듯 갈라졌다. 그 갈라진 틈 사이로 무수한 그림자들이 손을 내밀었다. 얼굴 없는 존재들, 사라진 이름들의 잔해였다. 그들이 한꺼번에 밀려 나오려는 순간, 거울이 덜컥 기울며 삐걱거렸다.

"멈춰!"

나영이 소리쳤다. 그녀는 노트에 적힌 마지막 규칙을 떠올렸다. 끝날 때, 감사와 해산을 분명히 말하라. 그녀는 크게 외쳤다.

"오늘은 여기까지다! 돌아가라!"

지훈도 함께 따라 외쳤다.

"돌아가라!"

거울 표면의 파동이 서서히 가라앉았다. 손길들이 하나씩 물러났다. 마지막으로 준서의 목소리가 아주 짧게 흘렀다.

"기억해 줘……."

그리고 거울은 원래의 청동빛으로 돌아왔다. 방 안은 다시 고요해졌다. 커튼이 천천히 흔들리다 멈췄다.

두 사람은 한동안 말이 없었다. 지훈은 학생증을 가슴에 품고 주저앉았다. 손바닥은 땀으로 젖어 있었지만, 가슴 안쪽은 오히려 맑아졌다. 분명 무언가와 이어졌다는 확신 때문이었다.

나영이 천천히 숨을 고르며 말했다.

"우린 틈을 열었어. 그리고 네가 들은 건, 준서가 맞아."

지훈은 고개를 끄덕였다. 눈가가 젖어 있었지만, 눈빛만큼은 단단해졌다.

"다음엔 더 온전하게 불러야 해. 그래야 길이 열리고, 그 아이가 돌아올 수 있어."

그 순간, 주머니 속 소리 씨앗이 톡, 하고 울렸다. 앞으로 나아가야 한다는 신호처럼.

음악실 문을 나서며, 지훈은 한 번 더 자기 이름을 속으로 불렀다. 정지훈. 그리고 그 뒤에 작은 호흡으로 이어 붙였다. 김준서. 두 이름 사이에 쉼표만 한 침묵을 놓았다.

8. 이름의 선언

도서관 본관 3층, '서'가 겹치는 자리, 서(西)쪽 끝 큰 서가. 나영이 손전등을 낮게 비추자 오래된 장서의 등줄기가 빗살처럼 늘어서 있었다. 공기엔 낡은 종이 냄새가 가볍게 스며 있었다. 소리 씨앗이 주머니 안에서 웅, 하고 한 번 떨렸다. 처용의 거울이 가리킨 방향. 지훈은 학생증을 쥔 손에 힘을 더 주고, 나영과 마주 고개를 끄덕였다.

"여기야."

둘은 번호표와 색 띠로 표시된 구역을 훑어 내려갔다. 조선 왕릉 정비 보고, 문화재 보수 일지, 동구릉 해설 초고. 제목만으로도 가슴 박동이 빨라졌다. 나영이 면장갑을 끼고 한 권을 조심스럽게 꺼내 펼쳤다.

— 1965년 10월 23일 - 건원릉 보수 예비조사.

필사한 글 사이사이, 누군가 지우개로 밀어버린 듯 빈칸들이 줄줄이 있었다. 그 공백 위에 아주 옅게, 먹색이 스민 흔적이 남아 있었다. 억새의 획, 방울의 점, 호랑이 이빨처럼 삼각으로 꾹꾹 눌러 찍힌 자국들.

"탁본을 떼다가 빼낸 흔적이야."

나영이 속삭였다.

"누가 의도적으로 문장을 지우고, 문양만 살려 가져갔어."

지훈이 페이지 밑단을 넘기자 얇은 한지 한 장이 빠져나왔다. 비밀 북 커버처럼 끼워 놓은 얇은 종이 위에는 호랑이 얼굴의 절반과 방울 그림이 겹쳐 있었다. 호랑이 옆의 방울, 영탁의 흔적. 종이를 손끝으로 들어 빛에 비추는 순간, 소리 씨앗이 주머니에서 더 크게, 두 번 떨렸다.

그때였다. 바닥 어딘가에서 낮고 둔탁한 통 울림이 올라왔다. 처음엔 엘리베이터가 멈춘 듯한 진동이었는데, 곧 서가 전체가 아주 미세하게 흔들렸다. 책장에 늘어선 책들이 진동에 맞춰 달그락거렸다.

지훈은 직감했다. 이 떨림은 도서관의 것이 아니었다. 멀리 도시의 서쪽 억새 언덕 아래 그 자리에서 오는 숨결, 동구릉에서 전해오는 것이었다.

휴대전화가 가쁘게 진동했다. 능참봉 오병수 노인이었다. 스피커를 켜자마자 노인의 거친 숨이 쏟아졌다.

"둘 다 있느냐? 지금 건원릉에 균열이 생기기 시작했다. 12지신상이 눈을 떴다고 해야 맞겠지. 사람들은 못 느끼는데, 이쪽에선 돌이 숨을 쉬는 게 느껴져."

"어떻게요?"

나영이 재빨리 물었다.

"능 모서리 호랑이상 주변에서 소리가 난다. 방울 문양이 있는 벽면. 네가 가진 글의 조각이 반응한 거다. 당장 오지는 마라. 허가 없이 들어오면 너희가 더 위험하다. 다만 거기서 뭘 건드렸다면, 그대로 다시 넣지 말고, 불러라. 그 이름, 네가 지키겠다고 했던 그 아이."

통화가 끊기자, 서가의 흔들림도 일단 멎었다. 불안이 종이 섬유를 타고 번지듯 둘 사이에 흘렀다. 지훈은 학생증을 가슴에 붙이고 한지를 조심스레 접었다. 나영이 책을 원래 자리에 되돌려 꽂으며 낮게 말했다.

"지금 우리가 움직이면, 거긴 더 흔들려. 여기서 할 수 있는 걸 하자. 불러."

반달로 굽은 창틀 앞에 섰다. 두 사람은 서가와 창 사이, 숨소리조차 닿지 않는 틈에 섰다. 지훈이 먼저 자기 이름을 세 번 불렀다.

"정지훈, 정지훈, 정지훈."

그 후, 둘이 마주 보며 호흡을 맞췄다.

"김준—서."

음절이 분리되어 나왔지만, 공기에서는 하나로 합쳐졌다.

그 순간, 저 멀리 도서관 건물을 훨씬 넘어서는 거리에서, 돌의 이빨이 서로 문지르는 소리가 났다. 아주 오래된 동물의 턱이 움직이는 듯한, 그르륵, 하는 소리였다.

"깨어난다……."

나영의 목소리가 가늘게 떨렸다.

"우리가 글의 조각을 깨웠어. 그래서 봉인도 함께 흔들려."

지훈은 고개를 저었다.

"흔들림은 이미 시작됐어. 우리가 찾아낸 건 그 흔들림 속에서 잡을 수 있는 실이야."

지훈은 접었던 한지를 펼쳐 빛을 다시 통과시켰다. 호랑이의 눈 자리에 미세한 빛이 반짝였다. 문양 속으로 들고나는 빛, 깨어난 돌이 빛을 기억하는 듯했다.

"아빠에게 말해. 내일 낮, 허가받아 건원릉 외곽까지 같이 가자. 안쪽은 못 들어가도, 소리의 방향은 우리에게 알려 줄 거야."

지훈은 짧게 답했다.

"응. 그 전에, 이름을 더 단단히 만들자."

그는 책상 위에 학생증과 한지 조각을 나란히 놓고 앉았다. 한지 위 호랑이의 반쪽 얼굴과 방울, 영탁의 반원. 가느다란 줄과 점이 모여 만든 돌의 기억. 지훈은 작은 연필로 자신의 이름을 세로로 천천히 써 내려가며 한 자 한 자 눈으로 더듬었다.

정(鄭): 삐뚤어진 세상을 바로 세우는 획, 지(志): 마음의 방향, 훈(勳): 불길로 새겨 남는 무늬. 이름의 속뜻을 이렇게 자세히 생각해 본 적이 없었다. 이름은 부모가 준 소리였고, 학교가 불러 준 출석이었고, 친구들이 놀릴 때 던지던 표적이었다. 그러나 지금, 이 글자들은 자신이 자신을 불러내는 구조가 되었다.

건원릉 외곽 산책로는 고요했지만, 지훈과 나영에게는 그 고요조차 불안으로 가득 차 있었다. 바람이 억새 사이를 스칠 때마다 풀들이 일정한 방향으로만 움직였고, 그 흔들림 속에는 설명할 수 없는 힘이 섞여 있었다.

지훈은 학생증을 꼭 쥔 손에 땀이 차는 것을 느꼈다. 차갑게 식은 플라스틱 모서리가 손바닥에 박히며, 그것만이 자신이 여전히 현실에 붙잡혀 있다는 증거처럼 느껴졌다.

"아빠가 말했어."

나영이 조심스레 입을 열었다.

"12지신상 하나가 흔들리면, 봉인의 전체 균형이 무너질 수 있다고. 풍화로 설명할 수 없는 틈이 생기면, 비형이 그걸 파고들 거야."

지훈은 숨을 삼켰다. 그도 알았다. 이미 방 안의 거울에서, 억새밭의 꿈에서 그리고 골목의 그림자 속에서 균열이 현실을 잠식해 들어오는 것을. 하지만 그는 더 이상 도망칠 수 없었다. 준서의 이름을 불렀을 때 들린 그 작은 울림이, 자신을 여기로 이끌고 있었으니까.

두 사람은 봉분이 내려다보이는 언덕 위에 섰다. 억새가 빽빽하게 자라난 봉분은 마치 살아 있는 생명체처럼 숨을 쉬는 듯했고, 바람에 흔들릴 때마다 금속 방울 같은 소리가 바닥에서 울려 퍼졌다.
"지훈아."
나영이 지훈을 바라보았다.
"잊지 않았지? 혼자 이름을 부르는 건 약하다고. 서로가 불러 줄 때 힘이 된다고 했잖아."
지훈은 천천히 고개를 끄덕였다.
"그래, 내 이름을 내가 불러도 공명은 약했어. 하지만 네가 불러줬을 때, 방 안이 흔들렸어."
나영은 숨을 고르더니 먼저 지훈의 이름을 불렀다.
"정지훈."
그 이름이 바람을 타고 흘러가는 순간, 억새 한 줄기가 크게 기울었다. 지훈은 심장이 뛴다는 걸 뼈마디까지 느꼈다.
그는 나영의 이름을 또박또박 불렀다.
"강나영."
이번에는 반대편 억새가 쓸리며 파도처럼 흔들렸다. 두 사람의 이름이 교차하는 순간, 작은 울림이 일어났다. 단순한 메아리가 아니었다. 누군가가 그 울림을 받아 되돌려 준 듯, 땅속에서 방울이 울렸다.
지훈은 처음으로 진심을 담아 말했다.
"고마워, 네가 내 이름을 불러줘서. 아무도 불러 주지 않을까 봐 두려웠는데…… 이렇게 다시 들으니까, 내가 살아 있다는 게 믿어진다."
나영은 미소를 지었지만, 그 눈빛은 단단했다.
"나도 마찬가지야. 아무도 내 이름을 기억해 주지 않는다면, 나 역시 사라진 것처럼 느껴질 거야. 그러니까 우리 서로 붙잡아 주자. 끝까지."
그 순간, 두 사람은 동시에 입을 열었다.
"정지훈."
"강나영."
두 이름이 같은 박자에 겹치자, 억새밭 전체가 크게 흔들렸다. 석양빛이 부서져 봉분 위로 흩어졌고, 마치 오래 잠들어 있던 돌이 잠시 눈을 뜨는 듯한 기척이 느껴졌다.
"들었지?"
지훈이 놀란 눈으로 속삭였다. 나영도 숨을 고르며 대답했다.
"응. 이름은 서로의 울림이 있어야 해. 혼자가 아니라 둘이 함께 불러야만 무게가 생겨."
그들은 잠시 말을 잇지 못했다. 서로의 눈을 마주 본 채, 묵

묵히 가슴속으로 다시 다짐했다. 이제 자신들의 싸움은 단순히 괴물과 맞서는 일이 아니었다. 서로의 이름을 부르며, 존재를 지켜내는 일이었다.

해가 기울 무렵, 바람은 잠시 잦아들었다. 억새밭은 고요했지만, 두 사람의 가슴 속에는 분명한 울림이 남아 있었다. 지훈은 속으로 조용히 되뇌었다.
'나는 정지훈이다. 하지만 그 사실은 내가 홀로 외칠 때보다, 나영이 불러 줄 때 더 분명해진다.'
나영도 속으로 중얼거렸다.
'내 이름은 강나영. 그가 불러 줄 때, 나는 절대 사라지지 않는다.'
서로의 이름이 얽히며 만들어 낸 결속은 단순한 우정이 아니었다. 그것은 봉인이 무너져 가는 세상 속에서 그들을 붙잡아 줄 단단한 끈이었다.

9. 비형의 정체

　주말 오후, 지훈은 방 안에서 휴대전화를 들여다보고 있었다. 작은 화면 속으로 흘러가는 수많은 게시 글, 웃는 얼굴, 짧은 영상들. 언제부터인가 그는 이런 것들을 거의 보지 않았다. 누가 무슨 옷을 샀는지, 어디로 여행을 갔는지, 그 모든 게 자신과는 상관없는 먼 세상의 기록처럼 느껴졌기 때문이다. 그러나 오늘은 달랐다.
　나영이 전날 건네준 쪽지 때문이었다.

　- SNS를 확인해 봐. 요즘 사라지는 사람들 이야기가 거기서 먼저 올라와.

　처음엔 단순한 실종 사건이겠지 했다. 하지만 검색창에 '실종' '학교' '계정 삭제' 같은 단어들을 입력하자, 믿을 수 없는 게시물들이 줄줄이 눈에 들어왔다.

- 어제까지만 해도 같이 단체 채팅방에서 얘기했는데, 오늘 보니 친구 계정이 아예 사라짐. 이름도 기록도 없음. 나만 기억해?
- 사진첩에 분명히 있었는데, 찍힌 사람이 흐릿하게 지워져 있어……. 장난 아니야.
- 학교 명단에서도 빠져 있음. 애초에 없던 사람처럼 됨.

지훈은 손끝이 식어 가는 걸 느꼈다. 글마다 달린 댓글은 반쯤 농담, 반쯤 진담처럼 보였지만, 그 속에서 그는 준서의 흔적을 떠올렸다. 아무도 기억하지 못하는 아이, 이름이 지워진 자리.

잠시 후, 나영에게서 메시지가 왔다.

- 봤지?
- 응. 이건 단순한 실종이 아니야.
- 맞아. 온라인 공간에서도 이름이 사라지고 있어. 비형이 예전처럼 그림자 속에만 있는 게 아니야. 이제는 계정, 기록, SNS 같은 현대의 기억까지 파고들고 있어.

지훈은 숨을 몰아쉬며 휴대전화를 내려놓았다. SNS는 친구 관계와 일상의 흔적이 집약된 또 다른 기억 창고였다. 그곳마저 무너진다면, 존재는 더욱 손쉽게 지워질 것이다.

저녁 무렵, 두 사람은 다시 도서관에 모였다. 나영은 노트북을 켜고 사라진 계정들의 캡처 화면을 보여주었다. 아이콘은 남아 있는데 이름이 비어 있거나, 프로필 사진만 남고 닉네임이 사라진 경우도 있었다. 심지어 대화방에서 상대방의 말풍선만 남고, 닉네임은 '삭제됨'으로 표시되어 있었다.

"이건 단순한 오류가 아니야."

나영이 눈을 빛내며 말했다.

"과거엔 비형이 사람들의 기억과 실물 기록을 먹었다면, 지금은 디지털 기억까지 삼키고 있는 거야. 인터넷, 계정, 데이터베이스 같은 것들. 이름이란 건 결국 호출되는 소리이자, 기록되는 글자잖아. 시대가 바뀌자, 먹잇감도 바뀐 거야."

지훈은 그 말에 전율했다.

"그럼…… 준서도 SNS에서 흔적이 먼저 사라졌을까?"

"그랬을 가능성이 커."

나영은 키보드를 두드리며 화면을 넘겼다.

"이건 이름의 세계가 아날로그에서 디지털로 옮겨 간 증거야. 비형은 시대를 가리지 않고, 존재가 기록되는 곳이라면 어디든 파고들 수 있어."

지훈은 손을 떨며 자기 휴대전화를 다시 켰다. 오래전 친구 목록에 남겨 두었던 몇몇 이름들, 삭제 버튼을 누르려다 멈췄던 기록들. 그중 한 아이의 계정이 흐릿하게 회색 처리되어 있었다. 클릭해 들어가자 '존재하지 않는 계정입니다'라는 문구가 떴다. 하지만 지훈은 분명히 기억했다. 그 계정에는 예전 준서와 함께 찍었던 사진이 남아 있었음을.

"봐, 또 한 명."

그의 목소리는 갈라졌다.

"나만 기억해. 다른 애들은 아무도 몰라."

나영이 그의 어깨를 붙잡았다.

"그러니까 네가 중요한 거야. 네가 기억하고 불러줘야 그 아이들이 완전히 지워지지 않아. 그리고…… 결국엔 우리가 비형의 정체를 마주해야 해."

그날 밤, 지훈은 다시 꿈을 꾸었다. 이번에는 교실도, 억새밭도 아니었다. 눈앞에는 무수한 화면들이 겹쳐 있었다. 프로필 사진, 계정 이름, 게시 글, 대화 기록들. 하지만 하나둘 픽셀처럼 깨지더니, 전부 공백으로 바뀌었다. 흰 칸만 남은 화면 속에서 낮은 속삭임이 흘러나왔다.

"지워지는 건 고통이 아니다. 편안함이다. 너도 바라지 않았느냐."

그 속삭임은 점점 커졌다. 화면 속 공백들이 모여 하나의 그림자를 만들었다. 형태 없는 검은 틀, 비형이었다.

지훈은 꿈속에서 이를 악물며 소리쳤다.

"아니, 나는 기억한다. 그리고 잊지 않을 거다!"

그 순간, 화면 속 무수한 공백 중 단 하나의 닉네임이 희미하게 빛났다. 김준서.

지훈은 눈물을 머금은 채 눈을 떴다. 손에 쥐고 있던 학생증이 땀에 젖어 있었다. 하지만 그 글자는 여전히 선명했다.

다음 날 오후, 지훈과 나영은 시립도서관 4층 자료실에 앉아 있었다. 컴퓨터 화면에는 국사편찬위원회 DB의 검색창이 떠 있었다. 나영은 검색어를 정리한 메모를 펼쳐 보였다.

"먼저 '건원릉' '동구릉' '수리' '12지신상'으로 넓게 훑고, 그다음에 '영탁' '방울' '수호' 같은 키워드, 인명은 '군관' '무사' 아무개를 뜻하는 '모(某)'로 좁히자."

지훈은 고개를 끄덕이며 키보드를 눌렀다. 화면에는 스캔된 실록 이미지와 전산화된 텍스트가 나란히 떴다. 스크롤을 내리자, 페이지 중간중간 낯선 빈칸이 눈에 박혔다. 글줄이 흐르는 한가운데, 칼로 얇게 도려낸 듯한 공백이 있었다. 검색 결과 오른쪽에 달린 주석에는 간단히 적혀 있었다.

— 원문 결락(缺落). 후대 교감(校勘) 불능.

"결락……."

지훈이 무의식적으로 중얼거렸다.

"사초를 옮기거나 편년을 다듬는 과정에서 비어버린 자리야. 정치적 이유일 수도 있고, 단순한 손실일 수도 있어."

나영이 화면을 확대했다.

"중요한 건, 이 공백이 '인명' 자리라는 점."

다른 기록을 열자 '동구릉 수리·호위 군관 파견'이라는 항목이 나왔다. 이어지는 줄에는 '某將 – 아무개 장수'라는 글자가 버티고 있었다. 한자 '모(某)'가 이름을 가리고 자리를 대신했다. 옆의 교감 주에는 작은 글씨가 달려 있었다.

– 원초(原抄)에 인명이 있었으나, 훗날 삭거(削去)된 듯함.

지훈의 손가락이 키보드 위에서 멈췄다. '삭거'라는 두 글자가 손목의 반달 자국처럼 선명했다. 지워진 것, 도려낸 것, 남지 않게 해버린 것. 그는 화면을 더 확대했다. 스캔 이미지의 해상도가 거칠어지면서 글줄 뒤 흰 칸의 가장자리에 미세한 긁힘 자국이 드러났다.

"정말로 긁어냈어……."

"응."

나영의 목소리가 낮아졌다.

"그리고 모장(某將) 앞줄, 이 문장을 봐."

– 서쪽 석호(石虎) 뒤에 결계의 방울 하나 떨어져 훼손됨. 군관 ○○가 회수하여 임시 봉(封)함.

군관의 이름 자리에는 둥근 얼룩만 남아 있었다. 마치 방울을 눌렀다가 떼어낸 자국처럼.

지훈은 의자 등받이에 등을 붙이고 천천히 숨을 들이켰다. 손바닥에서 땀이 배어 나왔다.

"군관 ○○……."

나영이 새로운 탭을 열어 《승정원일기》와 《비변사등록》을 교차 검색했다. '군관' '석호' '동구릉'을 엮어 보자, 희미한 실타래가 하나 더 걸렸다.

- 정 某, 수호 방울 운반 도중 변을 당하여 기록에서 그 이름을 감춤.

번역 주석이 덧붙었다.

- 역모 연루 의심으로 사초에서 삭제되었다는 설.

"정 某…… 정 씨."

나영이 지훈의 옆얼굴을 훔쳐보았다.

"물론 정 씨는 흔한 성이지만, 이 맥락에서 '수호 방울'을 다룬 군관이라면……."

지훈은 말없이 화면을 응시했다. 머릿속 어딘가가 저릿하게 저렸다. 그는 자신의 성을 처음으로 낯설게 바라보았다. 이름

앞의 '정'이, 단순한 소리가 아닌 어떤 줄기의 뿌리처럼 느껴졌다. 정 某, 이름이 지워진 군관. 수호 방울과 함께 움직였고, 어느 날 사라졌다.

"왜 지웠을까?"

지훈이 물었다.

"여러 가지 가능성이 있어."

나영이 손가락으로 주석을 가리켰다.

"방울 운반 중 변을 막으려다 상관의 지시를 어긴 것일 수도 있고, 봉인을 둘러싼 권력 다툼에서 희생양이 됐을 수도 있어. 또 하나……."

그녀의 눈빛이 깊어졌다.

"사라진 자들의 이름을 기록에 남기자고 주장했을 가능성. 유교 국가의 '정리된 기록'에는 부적합한 일이었으니까."

화면을 내리자 '동구릉 수리 별단'이라는 문서가 나왔다. 필체가 다른 주기가 붙어 있었고, 가장자리에는 누군가 급히 남긴 메모가 보였다.

— 이름들을 불러야 길이 열리니, 그대 이름도 길이 될 것이다.

나영이 속삭였다.

"실록 본문이 아니라, 자료에 붙은 참고 기록이야. 정식 사료는 아니라도 누군가는 그 군관을 '이름을 부르는 사람'으로 기억했어."

지훈의 심장이 한 박자 크게 뛰었다. '이름을 부르는 사람', 그 말은 지금의 그에게로 곧장 이어졌다.

"나영아."

지훈이 천천히 말을 이었다.

"만약 그 정 某가…… 내 조상이라면?"

"확증은 아직 없어."

나영이 신중히 말했다.

"족보를 확인해야 해. 하지만 꼭 혈연이 아니어도 돼. 중요한 건 '지워진 이름을 부른 사람'이라는 계보야. 네가 지금 그 일을 하고 있다는 사실이고."

그 말은 이상하게 가볍고도 무겁게 들렸다. 가볍다는 건, 핏속의 운명론 같은 것을 빌리지 않아도 된다는 안도였고, 무겁다는 건, 스스로 선택해야만 이어지는 길이라는 부담이었다. 지훈은 두 감정이 섞인 자리에서 조용히 고개를 끄덕였다.

나영이 또 다른 페이지를 열었다. 태조 연간의 별기, '영탁 설치'에 관한 기록이었다.

— 방울 넷을 사방 모서리에 두어 영을 탁(託)한다.

여백에는 미세한 묵흔이 남아 있었다. 억새를 상형한 듯한

가는 선, 점 네 개 그리고 반달.

"이 점 네 개가 방울, 반달은 경계. 그리고 억새."

나영이 읊조렸다.

"우리가 현장에서 본 것과 일치해."

지훈은 화면을 더 바라보다가 문득 속이 서늘해졌다.

"이 공백들, 비형이 태어난 자리 아닐까?"

"맞아."

그녀는 곧장 수긍했다.

"비형은 실체가 아니라 지워진 방식이니까. 공백이 축적되면 생겨나는 '없음의 형태'로 사식주의 고전 서술이 '기록을 먹는 거미'였다면, 비형은 '빈칸이 엮은 그물'이야."

그물, 그 말이 입안에서 맴돌았다. SNS의 삭제된 닉네임, 사진 속 뭉개진 얼굴, 실록의 빈칸, 결락. 시대가 달라도 지워지는 방식이 실을 뽑듯 이어졌다. 그리고 그 실 끄트머리 어딘가에 '정 某'가, 아니 '정지훈'이 매달려 있었다.

한참을 더 뒤져도 정 某의 온전한 이름은 나오지 않았다. 대신 비슷한 시기에 동구릉 인근의 기록에서 '정 씨 군관의 무덤이 표식 없이 봉분만 남았다'라는 구전 채록이 보였다. 출처는 근대의 향토사 자료였다. 이름 없는 봉분, 누군가의 '마지막 이름'마저 미끄러진 자리.

지훈은 자리에서 일어나 창가로 갔다. 늦은 오후의 빛이 도서관 창문에 길게 걸렸다. 자기 모습이 유리 위에 겹쳐 서 있었다.

'누군가가 나를 지웠다. 누군가가 나를 불렀다. 이제, 내가 부른다.'

그는 자리로 돌아와 학생증을 다시 움켜쥐었다.

지훈은 아주 낮게 그러나 또렷이 속삭였다.

"나는 나를 부른다. 그리고 정 某, 당신의 이름도. 우리가 길이 생길 때까지 불러보자."

나영이 고개를 끄덕였다.

지훈과 나영은 도서관을 나와 천천히 걸음을 옮겼다. 가방 속에는 방금 인쇄한 실록 기록의 사본이 들어 있었고, 주머니에는 소리 씨앗이 여전히 미세하게 떨리고 있었다. 발걸음을 옮길 때마다 그것은 마치 숨을 쉬듯, 웡…… 웡…… 낮게 울렸다.

"정 某, 그 사람 이름이 지워진 게 단순히 정치적 이유 때문이었을까?"

나영은 고개를 저었다.

"아니, 기록에서 이름을 지운다는 건 단순한 처벌이 아니야. 이름은 곧 존재의 자리니까. 이름을 지우면 그 사람은 역사의 무대에서 완전히 사라지는 거지. 그런데 문제는……."

그녀는 말을 잠시 멈추고 지훈을 바라봤다.

"그렇게 지워진 자리에 남는 게 있어. 바로 한(恨)이야."

두 사람은 왕숙천을 따라 난 좁은 산책로로 들어섰다. 물결 위로 가로등 불빛이 길게 늘어졌다. 지훈은 물결에 비친 자기 얼굴이 순간 낯설게 보였다. 입술이 움직이지 않았는데, 물속의 그림자가 먼저 속삭이는 것 같았다.

"너도 지워지고 싶지 않았냐."

지훈은 움찔하며 뒤를 돌아봤다. 아무도 없었다. 하지만 그 목소리는 분명히 귓가에서 울렸다.

"들었어?"

지훈이 물었다.

"뭐를?"

나영이 고개를 갸웃했다.

"아니야……."

지훈은 대답을 흐렸지만, 가슴 속에서는 서늘한 기운이 피어올랐다.

산책로 끝자락, 억새가 듬성듬성 자라는 공터에 다다랐을 때였다. 지훈의 주머니 속 소리 씨앗이 갑자기 크게 떨렸다. 동시에 검은 그림자가 하나둘 모여들어 발밑으로 길게 늘어났다.

나영이 숨을 죽였다.

"왔어……."

그림자들은 모여들더니 서서히 형체를 이루었다. 뚜렷한 얼굴도, 확실한 몸도 없는 존재. 그러나 수많은 목소리가 겹쳐

서 울려 퍼졌다.

"우리는 기록에서 지워진 자들이다."

"불리지 못한 이름들."

"공백 위에 얹힌 한(恨), 그것이 곧 비형이다."

지훈은 온몸에 소름이 돋았다. 목소리는 남녀노소를 가리지 않고 수십, 수백 겹으로 쌓여 있었다. 그 울림은 단순한 공포가 아니라, 지워진 자들의 울분과 절규가 응축된 소리였다.

비형의 형체는 흐릿한 거울 조각 같았다. 가까이 다가갈수록 윤곽이 생겼다가 다시 흩어졌다. 그 속에서 지훈은 이상하게도 '정 某'라는 이름 없는 군관의 모습을 떠올렸다. 이름은 지워졌지만, 사라지지 못하고 이곳에 남아 부유하는 듯한 기운.

"왜 우리를 불렀느냐."

비형의 목소리가 낮게 울렸다.

지훈은 심호흡하고 대답했다.

"나는 사라진 이름을 되찾으려 한다. 그게 너희의 고통을 풀 길이기도 할 거야."

그러자 비형의 그림자가 크게 요동쳤다.

"거짓이다. 이름은 불러도 잊힌다. 오늘 부르고, 내일 지운다. 사람의 입은 믿을 수 없다. 그래서 우리는 그림자가 되었다. 잊힘의 화신, 그늘의 주인."

나영이 한 발 앞으로 나섰다.

"하지만 기억하려는 의지가 남아 있다면, 이름은 지워지지 않아. 우리 두 사람이 그걸 증명했어. 정지훈, 강나영 그리고 김준서."
 비형이 잠시 침묵했다. 억새밭이 뒤흔들리고, 공기가 울렁였다. 곧 다시 목소리가 터져 나왔다.
 "너희도 결국은 잊는다. 부모도, 친구도, 선생도. 결국 아무도 남지 않는다. 그러니 지워져라. 지우는 것이야말로 자유다."
 지훈은 흔들렸다. 중학교 시절의 기억, 아무도 자신의 이름을 불러 주지 않던 날들이 떠올랐다. 차라리 사라지고 싶다고, 이름조차 남기고 싶지 않다고 생각했던 순간이 다시 귓가에 맴돌았다.
 그러나 그는 학생증을 움켜쥐며 고개를 들었다.
 "아니. 나는 스스로를 지우고 싶었던 적이 있었지만, 이제는 아니다. 나는 남을 거다. 그리고 사라진 이름들을 끝까지 불러 줄 거다."
 그 순간, 소리 씨앗이 크게 울렸다. 방울 소리 같은 맑은 진동이 그림자 속으로 파고들었다. 비형의 형체가 잠시 흔들렸다.
 "그렇다면 증명해 보아라. 이름으로 우리를 묶을 수 있는지."
 그 말과 함께 그림자는 사방으로 흩어졌다. 그러나 사라진 것이 아니라, 억새밭 곳곳에 숨어 다시 모일 준비를 하는 듯했다.

지훈은 무릎이 풀릴 만큼 힘이 빠졌지만, 눈빛은 흔들리지 않았다. 나영이 그의 어깨를 붙잡았다.

"봤지? 비형은 단순한 괴물이 아니야. 지워진 자들의 한이 모여서 된 존재야. 잊히는 순간 태어나고, 불릴 때 흔들려."

지훈은 고개를 끄덕였다. 그의 입술이 아주 낮게 움직였다.

"그러면 내가 끝까지 불러낼 거야. 내 이름도, 너의 이름도, 사라진 모든 이름도."

멀리서 천둥소리가 굴렀다. 비형과의 진짜 결전이 머지않았음을 알리는 듯, 억새밭이 한꺼번에 몸을 흔들었다.

10. 석등의 불꽃

새벽 공기가 서늘했다.

지훈은 알람 소리에 눈을 떴지만, 한참 동안 몸을 움직이지 못했다. 온몸이 납덩이처럼 무거웠고, 머릿속은 여전히 전날 밤의 울림으로 가득했다. 억새밭에서 마주한 비형의 그림자, 수십 겹으로 겹친 목소리 그리고 마지막으로 던져진 그 말.

'증명해 보아라. 이름으로 우리를 묶을 수 있는지.'

지훈은 몸을 일으켜 주머니를 더듬었다. 소리 씨앗은 여전히 미세하게 떨리고 있었다. 어쩌면 그는 자는 동안에도 누군가의 이름을 불러 주길 기다리고 있었는지 모른다. 하지만 곧 머릿속에 스치는 불안이 현실이 되어 다가왔다.

휴대전화를 켜자, 알림창에는 낯선 정적만이 흘렀다. 나영과의 대화창, 수십 줄로 이어진 메모와 계획, 연구 파일들이 한순간에 비어 있었다. 이름은 남아 있었지만, 그 옆의 프로필 사진이 회색으로 바뀌어 있었다.

'존재하지 않는 계정입니다.'

지훈은 얼어붙은 손으로 몇 번이고 새로 고침을 눌렀다. 그러나 결과는 같았다.

나영이…… 지워졌다.

학교에 도착했을 때는 이미 혼란이 시작되고 있었다. 교실에 들어선 순간, 아이들의 표정이 이상했다.

"지훈아, 무슨 일 있어?"

민수가 물었지만, 지훈은 대답할 수 없었다. 그는 어제까지만 해도 함께 계획을 세웠던 나영이 이 교실에 있어야 한다는 사실을 알고 있었다. 하지만 교실 안에는 나영의 흔적조차 없었다.

출석부를 확인하자, '강나영'이라는 이름이 줄 사이에서 사라졌다. 마치 처음부터 존재하지 않았던 것처럼 칸이 비어 있었다. 준서가 사라질 때처럼 교실 벽에 걸린 단체 사진 속에서도 나영이 서 있어야 할 자리에는 공백만 남아 있었다.

"이 사진 원래 이러지 않았어?"

누군가가 고개를 갸웃하며 물었다. 다른 아이들도 하나둘 맞장구를 쳤다.

"응, 나영이라는 애는 우리 반에 없었잖아."

지훈은 귀를 의심했다. 어제까지 나영과 함께 웃으며 얘기했던 친구들이 단 하루 만에 나영을 모른다고 말하고 있었다.

그는 급히 운동장으로 뛰어나갔다. 한쪽 벤치에 앉아 휴대전화를 켜고, 다시 한번 대화창을 열어 보았다. 회색으로 변

한 프로필 옆에 단 하나의 메시지가 남아 있었다.

"지훈아, 혹시 내가 사라지면…… 네가 내 이름을 불러 줘. 그러면 나는 완전히 없어지지 않을 거야."

손끝이 떨렸다. 그는 휴대전화를 가슴에 안고, 숨이 막히듯 중얼거렸다.

"강나영, 강나영. 제발, 대답해 줘."

그날 밤, 지훈은 방 안에 홀로 앉아 있었다. 책상 위에는 학생증과 나영이 남겨 둔 노트가 펼쳐져 있었다. 그 속에는 그녀가 정리해 둔 의식 순서, 영탁에 대한 단서 그리고 '비형은 이름이 불리지 않는 순간 힘을 얻는다'라는 기록이 또렷이 적혀 있었다.

지훈은 눈을 감고 입술을 깨물었다. 이제 그는 더 이상 방관자가 아니었다. 친구의 이름을 지켜내야 하는 유일한 증인이자 마지막 불씨였다.

"나는 정지훈이다."

그는 자기 이름을 먼저 불렀다.

"그리고 너는 강나영이다. 나는 널 기억한다."

그 말은 방 안에서 메아리쳤다. 아직은 약했지만, 분명한 울림이 있었다. 지훈은 그 울림을 붙잡으며 다짐했다.

'나는 끝까지 이름을 불러낼 거야. 설령 세상이 너를 잊어도, 나는 절대 잊지 않겠다.'

나영이 흔적도 없이 지워진 그날부터, 지훈은 매일 같이 이름을 붙잡고 불러보았다. 하지만 홀로 부르는 목소리는 공기 속에 금세 흩어졌다. 메아리조차 남기지 못한 채, 오히려 더 큰 공허만 되돌아왔다.

그는 오병수 노인을 찾아갔다. 창고에서 오래된 자료를 정리하던 그는 지훈의 얼굴을 보자마자 무슨 일이 있었는지 알아챘다.

"나영이가 지워졌구나."

지훈은 대답 대신 고개를 떨궜다. 오병수 노인은 잠시 말이 없더니, 서랍 깊숙한 곳에서 낡은 나무 상자를 꺼내 왔다.

뚜껑을 열자, 흰빛의 가루가 담긴 작은 주머니가 나왔다. 곱게 빻은 가루는 햇빛을 받아 은빛처럼 반짝였다.

"이건 12지신상에서 떨어져 나온 돌가루다. 원래 이런 건 다 폐기되거나 흙 속에 묻히는 게 맞지. 하지만 오래전부터 무당들이 능의 석벽이나 12지신상 표면을 긁어 부적으로 심는 풍습이 있었어. 길흉을 막는다며 몰래 가져가던 거지. 그래서 봉인의 균열이 시작됐을 때, 나는 일부러 이 돌가루를 숨겨 두었단다."

지훈은 주머니를 두 손으로 받아 들었다.

"이게 봉인을 되살리는 도구가 될 수 있을까요?"

지훈의 물음에 오병수 노인은 천천히 고개를 끄덕였다.

"돌은 잊지 않는다. 사람의 기록이 지워져도, 돌 위에 남은

10. 석등의 불꽃 125

흔적은 사라지지 않지. 네가 해야 할 일은 이 돌가루를 경계로 삼아 이름을 부르는 거다. 그럼, 비형의 틈을 잠시라도 막을 수 있다."

 며칠 뒤, 지훈은 오병수 노인의 안내를 받아 구리 외곽의 한 오래된 기와집을 찾았다. 그곳에는 나이가 지긋한 무당이 살고 있었다. 그녀는 지훈을 똑바로 바라보며 말했다.
 "네가 이름을 붙잡은 아이구나. 하지만 기억해라. 목소리만으로는 공백을 이길 수 없어. 사람의 말은 쉽게 흔들리고 쉽게 잊히지. 그래서 돌과 의식의 힘을 함께 불러야 한다."
 지훈은 학생증을 꺼내 탁자 위에 올려놓았다. 무당은 그것을 잠시 바라보다 고개를 끄덕였다.
 "이름을 단단히 지키려는 네 의지가 이 안에 박혀 있구나. 좋아, 그 의지가 돌가루와 만나면, 짧게나마 결계가 설 것이다."
 무당은 상 위에 종이와 붓을 펼쳐 부적을 그리기 시작했다. 획마다 떨림이 있었지만, 그것은 단순한 그림이 아니었다. 이름의 기운을 불러내는 문장처럼 느껴졌다. 곧 종이는 태워져 재가 되었고, 그 재는 오병수 노인이 건넨 돌가루와 섞였다. 방 안은 매캐한 냄새로 가득 찼다.
 지훈은 무당이 건넨 작은 주머니를 목에 걸었다. 가슴에 닿자, 묵직한 무게가 전해졌다. 그 순간, 그는 깨달았다. 이건 단순한 도구가 아니라 앞으로 다가올 싸움에서 자신이 내뱉을 이름을 지켜줄 마지막 끈이라는 것을.

무당은 마지막으로 그를 바라보며 말했다.

"네 목소리는 너 자신을 위한 칼이다. 하지만 돌은 끈이다. 칼로 찌르지 말고, 끈으로 묶으려 해라. 이름은 싸움의 무기가 아니라, 존재를 이어 주는 줄이다."

지훈은 고개를 끄덕였다. 주머니 속 돌가루가 미세하게 흔들리며 소리를 냈다. 그것은 마치 오래된 방울의 울림 같았다.

"나는 이름을 끝까지 불러낼 것이다."

그의 선언은 방 안에 깊이 새겨졌다. 무당은 눈을 감고 고개를 끄덕였다. 이제 봉인 준비는 끝났다.

밤이 깊어질수록 바람은 점점 거세졌다. 건원릉 외곽의 억새밭은 파도처럼 출렁였고, 그 사이로 서늘한 기운이 새어 나왔다. 지훈은 목에 건 작은 주머니를 꽉 쥐었다. 그 안에는 오병수 노인이 건네준 돌가루와 태운 부적의 재가 섞여 있었다.

돌가루는 단순한 흙이 아니었다. 수백 년 동안 봉분을 지켜온 석벽의 기억, 금기로 남은 흔적, 무당들이 몰래 긁어다 부적에 쓰던 미신의 파편이었다.

"준비됐니?"

무당의 목소리가 바람에 섞여 들렸다.

지훈은 고개를 끄덕였다. 하지만 손끝은 떨리고 있었다. 그의 옆에는 더 이상 나영이 없었다. 그녀의 이름은 세상에서 지워졌고, 지금 이 자리에서 그를 지탱해 줄 건 오직 기억과 목소리뿐이었다.

작은 제단이 봉분 아래에 마련되었다. 돌가루가 동그랗게 뿌려져 경계를 이루었고, 그 안쪽에는 소리 씨앗이 놓였다. 무당은 낡은 북을 두드리며 낮게 주문을 읊었다. 그러나 중심에 서야 하는 건 지훈이었다.

"네 목소리를 내라."

무당이 말했다.

"돌이 기억을 붙잡아 줄 것이다. 하지만 네가 불러야만 울린다."

지훈은 눈을 감았다. 바람이 그의 뺨을 세차게 스쳤다. 가슴 속 깊은 곳에서 울컥 치밀어 오르는 두려움과 함께 잊히고 싶지 않다는, 절박함이 올라왔다. 그는 떨리는 입술을 열었다.

"정…… 지훈."

목소리는 작았지만, 돌가루가 흩날리며 은빛으로 번졌다. 바람은 잠시 방향을 바꿔 경계선 안으로 몰려들었다.

"한 번 더!"

무당의 목소리가 거세게 울렸다.

지훈은 심호흡하고 다시 외쳤다.

"나는 정지훈이다!"

이번에는 목소리가 억새밭 전체를 울렸다. 그 순간, 소리 씨앗이 맑은 방울 소리를 냈다. 경계 위에서 빛줄기가 일어나며 작은 불꽃처럼 흔들렸다.

그는 멈추지 않았다. 나영의 이름을 불렀다.

"강나영!"

"강나영!"

돌가루 위 불꽃이 점점 커졌다. 그러나 불꽃은 단순한 빛이 아니었다. 흩어진 이름들이 돌아오며 만들어 낸 흔적이었다. 공기 속에서 작은 그림자가 일렁이더니, 분명히 나영의 웃음소리가 한순간 스쳤다. 지훈의 눈가가 뜨겁게 젖었다.

"나는 너를 기억한다. 너는 사라지지 않았다."

무당은 북을 세차게 울리며 외쳤다.

"이름은 끊어진 줄이 아니다. 다시 묶는 끈이다!"

불꽃은 더욱 밝아졌다. 억새밭의 그림자 속에서 비형의 목소리가 울렸다.

"헛된 짓이다. 불러도 결국은 잊는다. 이름은 모래 위의 글씨일 뿐."

지훈은 흔들리는 불꽃 앞에서 이를 악물었다.

"아니, 이름은 다시 불릴 때마다 무게가 된다. 내가 부르는 한, 사라지지 않는다!"

그의 외침과 함께 불꽃이 폭발하듯 퍼졌다. 억새밭 위로 흩어져 있던 그림자들이 잠시 밀려났고, 공백이 덮고 있던 틈이 좁아졌다.

지훈은 온몸이 떨렸지만, 가슴 속에서는 처음으로 두려움 대신 뜨거운 힘이 솟구쳤다. 불꽃은 꺼지지 않았다. 작은 불씨가 된 채 이름을 지켜내는 결계처럼 남아 있었다.

그는 숨을 고르며 속삭였다.

"나는…… 끝까지 불러낼 것이다."

그 말이 바람 속에 흩어지는 순간, 불꽃은 한 줄기 빛으로 변해 봉분 위에 남았다. 의식은 아직 끝나지 않았지만, 이름을 되살리는 불씨는 이미 켜져 있었다.

11. 되살아난 돌짐승

억새밭은 이미 낮과 밤의 경계를 잃고 있었다. 지훈의 목소리에 봉인의 불씨가 잠시 살아났지만, 그 불꽃은 바람에 흔들리며 금방이라도 꺼질 듯 위태로웠다.

사방에서 몰려든 그림자들은 무너져 가는 성벽처럼 균열이 생긴 틈새를 파고들며, 지훈의 이름마저 삼키려는 기세였다. 북을 치던 무당마저 겁에 질려 자리를 뜬 후였다.

지훈은 무릎을 꿇은 채 돌가루 주머니를 움켜쥐었다. 손바닥이 저리고, 심장은 터질 듯 뛰었다. 하지만 그의 눈빛은 흔들리지 않았다. 여기서 멈추면 모든 이름이 사라진다. 나영도, 준서도 그리고 지훈 자신도.

"나는 정지훈이다!"

그의 외침과 함께 소리 씨앗이 방울 소리를 내뿜었다. 불꽃이 다시 솟구쳤지만, 그림자들의 물결은 곧장 덮쳐왔다. 공기는 무겁게 가라앉았고, 불빛은 점점 작아졌다.

지훈은 두 손을 불꽃 위에 겹쳐 올렸다. 뜨거운 기운이 손끝을 태웠지만, 그는 손을 떼지 않았다. 오히려 더 강하게 눌렀다. 불꽃은 그의 몸속으로 스며드는 듯했고, 그 순간 온몸이 불길에 삼켜지는 듯한 고통이 밀려왔다.

"강나영!"

"김준서!"

그는 목이 찢어져라, 사라진 친구들의 이름을 불렀다. 이름이 공기를 울릴 때마다 불꽃이 커졌다. 그러나 동시에 그 불꽃은 그의 몸을 갉아먹는 듯했다. 뜨겁게 타오르는 불길이 피부와 뼛속을 지나 심장에 닿는 듯한 고통.

'이게 내 희생이라면, 받아들일 수밖에.'

지훈은 이를 악물고 다시 외쳤다.

"나는 정지훈이다! 나는 끝까지 이름을 부르는 자다!"

억새밭이 크게 요동쳤다. 그림자들이 비명을 지르며 뒷걸음질 쳤다. 그러나 그들의 목소리는 여전히 유혹처럼 들려왔다.

"헛되다. 이름은 결국 잊힌다. 네 목소리도 사라진다."

"아니!"

지훈은 고통 속에서도 눈을 치켜떴다.

"내 목소리가 사라져도, 내가 부른 이름은 남는다! 내가 부른 기억은 누군가에게 닿아 다시 불릴 거다!"

그의 외침에 불꽃이 폭발하듯 솟아올랐다. 봉분 위에 빛의 장막이 펼쳐지며 틈새를 막았다. 그림자들은 사방으로 흩어지며 신음했다.

불꽃 속에서 지훈은 무너져 가는 몸을 붙잡았다. 숨은 가빠졌고, 눈앞은 아득하게 흔들렸다. 그러나 그는 마지막까지 이름을 놓지 않았다.

"강나영…… 김준서…… 그리고…… 나는 정지훈이다."

그 순간, 불꽃이 거대한 기둥처럼 치솟았다. 억새밭 전체가 붉은빛에 잠겼고, 그림자들은 그 빛에 녹아 흩어졌다. 봉인의 결계가 다시 세워졌다.

불꽃이 잦아들자, 지훈은 땅에 쓰러졌다. 온몸은 불길에 태운 듯 지쳐 있었지만, 그의 눈은 여전히 빛을 잃지 않았다. 그는 가쁜 숨을 몰아쉬며 속삭였다.

"나는 끝까지 이름을 부르는 자다. 이름은 절대 지워지지 않아."

주머니 속 돌가루가 마지막으로 은빛을 내며 흩날렸다. 봉인의 불씨는 아직 꺼지지 않았다. 지훈의 희생이 그것을 지켜내고 있었다.

새벽이 오지 않을 것처럼 길었다. 억새밭 위로 검푸른 어둠이 눌어붙어 있었고, 겨우 일으켜 세운 불씨는 봉분 옆에 낮게 웅크린 채 숨을 몰아쉬고 있었다. 지훈은 입술을 깨물고 그 불씨에 손바닥을 덮었다. 돌가루가 살짝 달아올라 손금을 타고 박혀 들었고, 그 미세한 뜨거움이 그를 다시 일으켜 세웠다.

여기서 멈추면 끝이다. 오늘, 불을 자리로 옮겨 세워야 한다.

그가 향한 곳은 봉분을 굽어보는 석등이었다. 길게 뻗은 넓적한 갓, 사방이 뚫린 창, 속이 비어 심지를 기다리는 허공의 방. 돌은 오래도록 말이 없었지만, 그는 알았다. 이곳이 오늘의 제단이라는 걸. 불씨는 손바닥 위에서 사라지지 않으려는 듯 희미하게 살아 있었고, 그 작은 생명을 석등의 배 속으로 옮겨야 했다.

지훈은 석등 앞 바닥을 손바닥으로 쓸었다. 억새 검불과 흙티가 모였다가 흩어졌다. 그는 목에 건 주머니를 풀어 돌가루를 한 줌 끄집어냈다. 밤새 그의 체온을 닮아 약간 따뜻해진 가루였다.

서쪽부터 시계방향으로 가늘게 선을 그었다. 서-북-동-남. 서쪽에서 시작한 건 우연이 아니었다. 나영의 마지막 흔적이 가리키던 방향, 준서의 이름 끝 글자를 불러 주던 바람의 방향, 그 선의 중앙에 얇은 한지 조각을 접어 넣었다. 호랑이의 반쪽 얼굴과 반달 모양 방울이 겹쳐 찍힌, 오래된 문양의 조각.

고개를 들면 석등의 창 너머로 봉분이 어둠 속에 둥글게 떠 있었다.

심지는 없었다. 그는 억새 줄기를 손으로 비벼 가는 결을 풀고 다시 꼬아 굵은 실처럼 만들었다. 손끝이 습기를 머금은 섬유를 문지를 때마다 은근한 풀 냄새가 올라왔다. 소리 씨앗을 꺼내 석등의 바닥에 가만히 내려놓았다.

윙, 짧고 낮은 떨림.

소리는 방향을 가리키지 않고, 자리를 확인했다. 여기가 맞다고.

바람이 한 번 훑고 지나갔다. 비형이 숨을 불어넣는 것인지, 밤의 맥이 바뀌는 것인지 알 수 없었다. 지훈은 억새 심지를 석등 속 중앙에 눕히고, 불씨를 옮길 얇은 막대기를 찾았다. 손에 잡힌 건 손가락 길이만 한 마른 가지였다. 불씨는 아직 작았지만, 그가 이름을 한 번 부르면 숨을 쉬듯 커졌다.

"정지훈."

그의 이름이 불에 공기를 보태자, 붉은 점이 조심스럽게 커졌다. 지훈은 그 불씨를 마른 가지 끝에 얹었다. 떨림이 번지지 않게, 손목의 관절을 잠그듯 고정했다. 석등의 창은 낮게 벌어진 입 같았다. 그가 가지를 들이밀자, 검은 공기 속에서 어떤 기척이 뒤척였다.

"그만두어라. 바람이 꺼뜨린다. 바람은 우리가 움직인다."

비형의 속삭임은 한꺼번에 수백 갈래가 되었다가, 다시 하나로 모여 귀를 물었다.

지훈은 눈을 감았다가 곧 뜨고, 입술을 세게 깨물어 피 한 방울을 머금었다. 그 작은 화끈거림을 혀끝으로 느끼며 또박또박 말했다.

"강나영."

바람이 잠깐 숨을 죽였다.

"김준서."

불씨가 가지 끝에서 더 뜨겁게 달아올랐다.

그는 가지를 조심스레 내려 석등 속 억새 심지에 닿게 했다. 불씨가 잠깐 푸른 혓바닥을 내밀더니 찍, 하고 올라붙었다. 그리고 바로 그때, 반대편에서 거친 돌풍이 몰아쳤다. 석등의 사방 창이 한꺼번에 탄식했다. 불꽃이 누웠다가 거의 꺼질 듯 보이는 순간, 지훈은 두 손으로 석등의 옆구리를 감싸안았다.

돌은 차가웠고, 거칠었다. 그는 자기 몸으로 바람을 막아 불꽃의 입김을 만들어 주었다.

석등의 내부가 조금씩 밝아졌다. 돌에 스민 미세한 틈 사이로 누런빛이 스며들었다. 오래된 비늘 같은 시간이 한 겹씩 반사되며, 마치 돌 자체가 발열하는 것처럼 보였다. 소리 씨앗이 석등 밑에서 웅~ 웅~ 길이를 달리하며 울었다. 한 번은 낮게, 한 번은 길게. 나영이 의식 메모에 적어 두었던 '감사와 해산'의 박자였다.

지훈은 그 박자를 따라 낮게 말했다.

"감사하고, 돌아가라."

그 순간, 바람이 방향을 바꾸었다. 비형이 끌어당기던 골짜기 바람이 석등의 창을 옆으로 스치고 지나갔다. 칼이 아니라 방향의 기억이 손끝으로 되살아났다.

그때였다. 석등의 갓 아래 그림자가 물결치며 모였다. 비형의 실들이 석등의 빛에 달려들었다가 떨어져 나갔다.
"불은 꺼진다. 너의 입은 마른다."
목소리는 여전히 설득처럼 들렸지만, 그 설득은 이전보다 더 급했다. 지훈은 대답 대신 불빛에 자신의 학생증을 비추어 보였다. 투명 필름 너머 '정지훈' 세 글자가 빛을 받아 잠깐 눈처럼 반짝였다.
그는 학생증을 석등 창가에 기대어 세웠다. 불빛이 글자의 획을 통과해 바깥 어둠으로 흘러 나갔다. 이름은 불에 그을리지 않았다. 오히려 불이 이름의 방향을 드러내 주었다.
"여기 있다."
그가 속삭이자, 석등 속 불이 갑자기 한 호흡 더 길어졌다. 억새 심지는 이제 스스로 타들어 갔다. 불꽃의 밑동이 굵어지고, 빛의 가장자리가 흔들리다가 안정되었다. 석등 주위의 돌바닥에 그려 둔 사방의 선들, 서-북-동-남이 동시에 은빛으로 반짝였다가 사라졌다. 그 빛은 바닥 아래로 흘러 봉분의 심장으로 흘러 들어가는 것처럼 보였다.
멀리서 작게 대지의 울림이 번졌다. 진동은 땅속에서 시작되어 발바닥으로 올라왔다. 지훈은 잠깐 멈춰 귀를 기울였다. 억새밭이 사방으로 몸을 뒤척였다. 바람이 어둠을 훑어 내리자, 봉분 아래 어디선가 길게 숨을 들이쉬는 소리가 났다. 살아 있는 짐승의 횡격막이 움직일 때 나는 깊고 낮은 소리, 석호가 제 숨을 찾는 기척이었다.

비형이 마지막으로 몸부림쳤다.

"불은 기억을 부른다. 그러나 기억은 너를 찢는다. 네가 얼마나 버틸 수 있나 보자."

그 말이 끝나자, 바람이 다시 석등 창을 향해 쏟아졌다. 이번에는 지훈의 몸만으로는 막기 어려웠다. 그는 왼손으로 석등의 창턱을 붙잡고, 오른손으로 목의 끈을 잡아, 돌가루 주머니를 빼내 석등 밑 경계선 위에 한 줌 더 뿌렸다. 그리고 주머니의 끈을 풀어 억새 심지 아래 늘어뜨리듯 묶었다.

돌가루는 불꽃처럼 타지 않았지만, 열을 머금어 반짝이며 끈이 되었다. 무당이 일러 준 한 문장이 그의 등에 힘을 더했다.

"칼이 아니라 끈을 묶어라."

"강나영."

바람이 한 박 뒤로 물러났다.

"김준서."

불꽃이 한 마디 더 자랐다.

그리고 마지막으로 석등의 안쪽을 향해 아주 천천히…….

"정지훈."

그제야 석등은 제 불을 인정한 듯, 고개를 조금 들어 사방 창밖으로 빛을 흘려보냈다. 빛은 억새 이파리 끝마다 작게 앉았다. 마치 밤새 내린 서리가 해를 만나 녹아내리기 직전처럼, 억새 머리마다 작은 방울이 반짝였다.

지훈은 한동안 그 앞에서 무릎을 꿇고 앉아 있었다. 숨을 고르며 배운 대로 의식을 닫았다.

"감사하고, 돌아가라."

그 말끝에서 바람이 잠잠해졌다. 비형의 낙담 같은 낮은 윙윙거림이 멀어지는가 싶더니, 공기에서 그 냄새가 사라졌다. 비에 젖은 돌과 풀 냄새만이 남았다.

그는 천천히 일어나 석등의 창문 하나에 손을 얹었다. 돌은 여전히 차가웠으나, 안쪽에서 전해지는 미세한 온기가 그의 손바닥을 데웠다. 그 온기는 그가 만든 것이 아니었다. 이름이 만든 것이었다. 부른 자와 불린 자가 서로에게 건네는 지극히 인간적인 열.

동쪽 하늘이 아주 옅게 풀렸다. 날이 밝으면 사람들의 발길이 다시 산책로를 메울 것이다. 그들이 보는 건 그냥 돌과 풀과 아침일 뿐이겠지만, 지훈은 안다. 오늘 밤, 이 빛이 잊힌 자들의 이름을 한 줄 더 붙잡아 주었다는 것을. 그리고 이 불이 다음 길을 부를 것임을.

지훈은 석등 앞에 고개 숙여 인사했다.

"지켜줘."

아주 작은 소리였지만, 석등의 갓 아래 그림자가 고개를 끄덕이는 것처럼 보였다. 아니, 아마도 그의 눈이 만든 환영일지도 모른다. 그래도 괜찮았다. 환영이든 현실이든, 오늘 그는 불을 옮겼고, 불은 이름을 지켰다.

돌아서는 발끝에 소리 씨앗이 다시 윙, 하고 짧게 떨렸다. 서쪽, 그는 고개를 들어 봉분 뒤편의 석호가 놓인 방향을 바라보았다. 아직 어둠이 짙어 형체는 보이지 않았지만, 그곳에서부터 아주 오래된 기척이 다가오고 있었다. 문이 미세하게 열리는 소리, 돌짐승이 몸을 일으킬 때 나는 장엄한 마찰음이었다. 그것은 단순한 지진 같은 흔들림이 아니었다. 마치 거대한 짐승이 깊은 잠에서 몸을 뒤척이는 듯한 기척이었다.

지훈은 석등 너머로 봉분을 바라보았다. 봉분 뒤편, 잡초에 가려 반쯤 묻혀 있던 돌짐승 석호(石虎)가 서서히 빛을 머금기 시작했다. 오래도록 이끼와 먼지에 덮여 있던 몸체에 금빛 실금이 번졌다. 석등 불꽃과 연결된 듯, 균열 사이로 은은한 불빛이 새어 나왔다.

"석호가……."

지훈은 숨죽인 목소리로 중얼거렸다. 이름을 불러 되살린 불씨가 돌짐승의 깊은 잠을 깨우고 있는 것이었다.

대지는 더 크게 울렸다. 봉분의 흙이 미세하게 흘러내리고, 억새가 한꺼번에 눕듯 흔들렸다. 드디어 석호가 눈을 떴다. 비록 눈동자는 없었지만, 깊은 틈에서 새어 나온 빛은 확실히 생명의 기운이었다. 그 거대한 입이 천천히 열렸다. 무언가가 터져 나올 듯했지만, 소리는 없었다. 대신 공기 자체가 떨리며 메시지를 전했다.

"나는 오랜 세월 이름 없는 자들의 원한 속에 잠겨 있었으나, 다시 불린 이름들이 나를 깨웠다."

지훈의 가슴이 벅차올랐다. 그동안 자신이 목숨을 걸고 불러낸 이름들이 헛되지 않았다는 사실, 그것이 돌짐승의 목소리를 되살린 것이다.

그는 용기를 내어 석호를 향해 말했다.

"나는 정지훈입니다. 사라진 이름들을 불러냈고, 앞으로도 지켜내겠습니다. 부디 힘을 빌려주세요."

석호의 입에서 바람이 흘러나왔다. 바람은 억새를 헤집으며 소용돌이를 만들고, 봉분 위를 돌며 불꽃과 하나가 되었다. 석호의 몸에 남아 있던 금빛 균열은 서서히 봉합되듯 달혔다. 그것은 부활이자, 새로운 맹세였다.

그러나 석호의 귀환은 단순한 환희만이 아니었다. 비형의 그림자 또한 뒤흔들렸다. 멀리서, 사라졌다고 믿었던 낮은 속삭임이 다시 울려 퍼졌다.

"너희가 불러낸 것은 돌의 기억이지만 나는 여전히 틈에 남아 있다. 불은 꺼지고, 이름은 다시 잊힌다."

지훈은 흔들리지 않았다. 석호가 그의 곁에 있었기 때문이다. 돌짐승의 발밑에서 땅이 울리고, 무겁고도 단단한 힘이 땅속에서 솟아올랐다. 그것은 봉인의 두 번째 심장이었다.

석호는 몸을 돌려 봉분 앞에 당당히 섰다. 석등의 불빛이 그 주위를 둘러싸며 하나의 수호 장막을 이루었다. 지훈은 가슴 깊숙이 뜨거운 무언가가 치밀어 오르는 걸 느꼈다. 그는 더 이상 혼자가 아니었다.

그 순간, 하늘에 여명이 스쳤다. 어둠은 완전히 걷히지 않았지만, 동쪽 끝이 옅은 푸른빛으로 풀리고 있었다. 지훈은 눈을 감고 속삭였다.

"이제, 이름을 지키는 길 위에 새로운 수호자가 함께한다."

석호의 귀환은 단순히 돌의 각성이 아니었다. 그것은 사라진 이름들을 잇는 다리, 새로운 시대를 위한 신호였다. 그리고 지훈은 그 다리 위에서 자신의 이름을 굳건히 붙잡은 채, 나가올 최후의 결전을 준비하고 있었다.

12. 마지막 이름

석호가 봉분 앞에 당당히 서자, 억새밭은 잠시 고요를 되찾았다. 석등 속 불꽃은 흔들리지 않고 밝게 타올랐고, 사방의 공기도 잠시 숨을 고르는 듯했다.

지훈은 두 무릎에 힘이 풀려 땅에 주저앉았다. 손끝과 목소리를 다 불사른 탓에 몸은 무겁게 가라앉았지만, 마음 한쪽에서는 희미한 안도감이 일렁였다. 이제 막아낸 걸까?

그러나 고요는 오래가지 않았다. 억새의 그림자가 길게 늘어지더니, 석호 뒤편에서부터 서서히 검은 안개가 일어나기 시작했다. 지훈은 숨을 삼켰다. 그 어둠 속에서 이름조차 붙일 수 없는 목소리가 흘러나왔다.

"정지훈."

수백 겹의 속삭임이 동시에 울렸다. 나직하지만 귓속을 파고드는 소리였다. 지훈은 본능적으로 귀를 막았지만, 목소리는 안쪽에서 울렸다.

"너도 지워지고 싶지 않았냐? 이름이 불리던 날마다 상처만 깊어졌잖아. 조롱과 모욕, 배척과 따돌림. 네가 원하던 건…… 사라지는 것이 아니었나?"

"그만……."

지훈은 몸을 웅크렸다. 목소리는 멈추지 않았다.

"너는 늘 감추고 싶었지. 아무도 널 부르지 않는다면, 아무도 널 괴롭히지 못한다. 이름이 사라지면 너도 자유다. 네가 지금 붙잡고 있는 이 기억은 결국 다시 널 아프게 할 뿐이다."

석호의 빛이 잠시 흔들렸다. 비형의 목소리가 빛을 파고드는 듯, 억새밭은 차갑게 식어 갔다. 지훈은 온몸이 얼어붙는 기분에 사로잡혔다.

'맞아, 나는 사라지고 싶었다. 지워지고 싶다고, 수없이 생각했잖아…….'

그러나 동시에 떠오르는 얼굴들이 있었다. 억새밭에서 손 흔들던 준서, 지워지기 전 마지막으로 남긴 나영의 미소 그리고 석등에 불씨를 옮기며 자기를 불렀던 순간의 떨림.

"아니야……."

지훈의 입술이 떨렸다.

"뭐가 아니란 거지?"

목소리는 더 깊이 파고들었다.

"나는 사라지고 싶지 않아."

지훈이 악을 쓰듯 소리를 질렀다.

석호가 눈을 번쩍 뜨는 것처럼 몸 전체에 빛을 퍼뜨렸다. 억새밭 위로 비형의 그림자가 일순간 흔들렸다. 그러나 목소리는 다시 속삭였다.

"그렇다면 끝없이 고통을 견뎌야 한다. 기억은 상처를 남기고, 이름은 다시 조롱받을 것이다. 네가 선택해라. 편안한 망각이냐? 혹은 무거운 기억이냐?"

지훈은 조용히 그러나 또렷하게 속삭였다.

"그래, 나는 고통도 기억하겠다. 상처도 내 일부니까. 내가 살아 있다는 증거니까."

석호가 울음 같은 굉음을 내뿜었다. 억새가 크게 흔들렸고, 비형의 목소리가 잠시 갈라졌다. 하지만 유혹은 완전히 사라지지 않았다.

"끝까지 버틸 수 있겠느냐……? 너는 결국, 너 스스로 지우고 싶어질 거다."

지훈은 몸을 곧게 세우며 대답했다.

"나는 이름을 지키는 자다. 끝까지 버티겠다. 그리고 사라진 모든 이름을 불러내겠다."

그의 외침에 석등의 불꽃이 한층 밝아졌고, 석호의 몸체에서 뿜어져 나온 빛이 억새밭을 뒤덮었다. 석등의 불꽃은 이제 단순한 빛이 아니었다. 억새밭 전체를 덮어씌우듯 퍼져 나가며 봉분을 감쌌고, 석호의 몸체에서 터져 나온 빛줄기가 하늘로 솟구쳤다.

밤하늘은 금빛으로 갈라졌고, 공백 속에 숨어 있던 비형의 그림자들이 비명을 지르며 사방으로 흩어졌다.

 그러나 그 어둠은 완전히 사라지지 않았다. 오히려 한 점으로 모여 더욱 짙어진 그림자가 봉분 위에 서려 있었다. 마치 인간의 형체를 닮은 듯한 그러나 끝내 얼굴 없는 그림자. 그것이 낮게 속삭였다.

 "네가 이긴 것이 아니다. 네가 불러낸 이름들이 너를 갉아먹고 있다. 너 자신을 내놓지 않으면, 봉인은 완성되지 않아."

 지훈의 몸이 휘청였다. 이미 온몸은 불꽃에 덴 듯 뜨거웠고, 정신은 흔들리고 있었다. 하지만 그는 알았다. 지금, 이 순간, 영탁의 봉인을 마무리 짓지 않으면 모든 것이 수포가 된다는 걸.

 석호가 낮게, 울음 같은 굉음을 터뜨렸다. 석등의 불빛과 연결된 방울 소리가 울려 퍼지며, 영탁의 잔해들이 공중에서 하나둘 모여들었다. 파편 같은 돌조각이 합쳐져 네 개의 작은 방울 모양을 이루고 있었다. 그것은 다시 봉인을 짓기 위해 지훈의 목소리를 기다리고 있었다.

 "대가가 필요하다."

 비형의 목소리가 천둥처럼 울렸다. 지훈은 이를 악물었다.

 "대가라니, 무엇을 말하는 거지?"

 "너의 이름이다. 정지훈, 그 이름을 내놓아라. 그래야 봉인이 닫힌다. 네가 불러온 힘은 결국 너 자신을 삼킬 것이다."

 순간, 마음속이 얼어붙었다. 자기 이름을 잃는다는 건 곧 존재의 소멸을 의미했다. 아무도 자신을 기억하지 못하는 세계. 나영도, 준서도, 부모님도. 그 모든 사람의 기억에서조차 사라진다.

하지만 그 공포의 밑바닥에서, 지훈은 나영의 목소리를 떠올렸다.

"혹시 내가 사라지면, 네가 내 이름을 불러 줘."

그리고 준서의 웃음, 억새밭에서의 손짓.

그들은 모두 자기 이름이 사라지길 원치 않았다. 누군가는 그 이름을 기억해야만 했다. 그렇다면 그 대가는 자신이어야 한다.

지훈은 학생증을 꺼내 불꽃 속으로 천천히 내밀었다. 반짝이던 필름 위 이름 세 글자가 불빛 속에서 희미해졌.

"정지훈."

입술이 떨렸지만, 또박또박 말했다.

"내 이름을 대가로 내놓겠다. 대신 나영과 준서 그리고 사라진 모든 이들의 이름을 지켜라. 그들이 다시 불릴 수 있게 해라."

영탁의 파편들이 강렬한 빛을 발하며 울렸다. 방울 네 개가 동시에 흔들리며 공명했다. 억새밭은 거대한 파도처럼 흔들렸고, 비형의 그림자가 처절한 비명을 질렀다.

"너는 자신을 버렸다."

비형의 몸은 찢겨 나갔고, 잊힘의 그물이 끊어졌다. 사라진 이름들이 바람처럼 흩어져 되살아났다. 사진 속에서 공백이 메워지고, 명단에 빠져 있던 이름들이 돌아왔다. 억새밭 위에 희미한 목소리들이 겹쳐 울렸다.

"고맙다, 기억해 줘서……."

그러나 그 순간 지훈의 몸은 투명하게 흐려지기 시작했다. 손끝에서부터 빛이 새어 나가며 공기 속으로 흩어졌다. 학생증의 글자도 완전히 사라졌다. 아무도 그의 이름을 읽을 수 없게 되었다.

그는 마지막 힘을 다해 속삭였다.

"나는 정지훈이다. 설령 아무도 기억하지 못해도, 나는 이름을 지키는 자였다."

그 말과 함께 그의 모습은 바람에 흩날리듯 사라졌다. 억새밭에는 석호와 영탁의 방울 소리만이 남아 은은히 울려 퍼졌다.

새벽이 밝아올 무렵, 나영은 잠에서 깨어났다. 기억 속에서 잊힌 줄 알았던 시간이 되돌아온 듯, 눈물과 함께 지훈의 이름이 입술에 맴돌았다. 나영은 가슴에 손을 얹고 떨리는 목소리로 속삭였다.

"정지훈, 나는 널 기억해. 절대 잊지 않을 거야."

그 순간, 멀리서 은은한 방울 소리가 울렸다. 지훈은 사라졌지만, 그의 이름은 기억 속에 남아 있었다. 그것이 영탁의 봉인이 치른 대가이자, 새로운 시작이었다.

아침 종이 울리자, 교실 문이 활짝 열렸다. 아이들은 어제와 같은 소리를 내며 자리에 앉았고, 담임선생님은 출석부를 넘겼다. 이름들이 부드럽게 이어졌다가 어느 지점에서 공기가 미묘하게 끊겼다. 누구도 그것을 이상하다고 말하지 않았다. 김준서의 이름이 불리고, 아무렇지 않게 다음 이름으로 넘어갔다. 나영은 펜을 쥔 손에 힘을 주었다.

'여기였어. 여기서 네가 '예' 하고 대답했지.'

책상 표면, 아래쪽 모서리에 자리 잡은 연필 흠집, 엎드릴 때 뺨이 닿던 자국까지 또렷했다. 세계는 아주 빠르게 빈칸에 적응한다. 구멍이 났던 자리로 흙이 미끄러져 들어가듯, 이름이 빠진 자리에 일상이 흘러 들어가 평평해진다.

저녁 무렵, 나영은 학교 앞 문구점에서 얇은 노트를 하나 샀다. 첫 장의 맨 위에 펜으로 이름을 썼다. '정지훈'이라는 글자가 종이에 눌리며 깊은 획을 남겼다. 그녀는 그 이름을 세 번 더 썼다. 정지훈, 정지훈, 정지훈. 필압이 조금씩 세졌다. 다음 장을 넘기고, 또 같은 이름을 썼다. 이름은 소리이자 기록이니까.

'내가 쓰면, 내가 부르면, 세계는 완전히 부정하지 못할 거야.'

집으로 돌아와 책상 위에 그 노트를 올려두고 등을 돌렸을 때, 창문 밖에서 초저녁 바람이 가볍게 흔들렸다. 방울 소리가 아주 멀리서, 그러나 분명히 한 번 울렸다.

그날 밤, 그녀는 꿈을 꾸었다. 억새밭의 길을 혼자 걸었다.

석등은 조용히 타고 있었고, 석호는 밤의 맥을 등 뒤로 보내고 있었다. 바람은 이름을 타고 흘렀다. 정지훈. 그녀가 속삭이듯 부르자, 억새의 결이 한 방향으로 눕고, 소리 씨앗이 윙, 하고 낮게 답했다. 그녀는 잠결에도 그 대답을 손바닥으로 더듬었다. 깨어나 보니 베개 곁에 펴 둔 노트의 첫 장이 미세하게 따뜻했다.

다음 날 아침, 지하철에서 노트를 펼쳤다. 어제 쓴 이름들이 그대로 남아 있었다. 그러나 교실에 들어서자, 그녀는 얼어붙고 말았다. 어제보다 더 말끔한 빈자리, 저 건조한 평평함. 다시 펜을 들어 책상 모서리에 아주 작은 글씨로 썼다. 정지훈. 순간, 햇빛이 칠판 위로 슬며시 흘러들었다. 빛은 오래 머물지 않았지만, 그녀는 그 짧은 시간을 놓치지 않았다.

'네가 여기 있었다는 시간을, 내가 불러내고 있다.'

저녁에는 동구릉으로 향했다. 길을 걷는 내내 의외의 평온이 나영의 뒤를 따라왔다. 아무도 기억하지 않는 이름이지만, 그녀가 부르면 생기는 길. 그녀는 그것을 '길'이라고 부르기로 했다. 세계가 닫아버린 빈칸을 관통하는 얇은 통로. 그 길을 따라가면, 잊힘의 안쪽에서조차 닿을 수 있으리라 믿었다.

석등의 불빛이 일렁였다. 바람은 낮은 숨을 쉬듯 오르내렸고, 석호의 등줄기에는 미세한 떨림이 흘렀다. 나영은 석등 앞에 앉아 노트를 펼쳤다. 종이를 한 장 조심스럽게 찢어 방울이 놓인 자리 옆에 낮게 눌러 두었다. 그리고 아주 천천히, 이름을 불렀다.

"정지훈."

처음에는 바람 소리만 들렸다. 억새 이파리가 서로 부딪히는 얇은 마찰음. 그녀는 조금 더 또렷하게 그러나 소리를 밀어붙이지 않고 한 번 더 불렀다.

"정지훈."

이번에는 석등 속 불꽃이 작게 찍, 하고 소리를 냈다. 소리 씨앗이 윙, 하고 대답했다. 억새의 결이 정면에서 그녀를 향해 한 번 기울었다가 원위치로 돌아갔다. 바람이 방향을 바꾸는 사이 아주 얇은 윤곽이 석등의 빛 가장자리에서 꿈결처럼 일렁였다. 눈으로는 볼 수 없지만, 피부가 먼저 알아챘다. 문턱에 선 발끝, 숨을 고르는 어깨, 망설임의 체온.

나영은 입술을 깨물고 미소를 닮은 울음을 삼켰다.

"지훈아."

그 순간, 바람의 밀도가 달라졌다. 만지면 깨질 것 같은 유리막이 옅게 끼더니, 그 뒤편에서 목소리가, 정말로 목소리가 흘러나왔다. 아주 낮고, 금방이라도 끊어질 것 같은 그러나 분명한 호흡의 문장.

"나는 정지훈이다."

그 한 문장이 억새밭을 가볍게 흔들었다. 석등이 대답하듯 빛을 키웠다. 나영은 손을 뻗었다가 멈추었다. 촉각은 아직

허락되지 않았다. 대신 그녀는 이름을 곁에 세워두기로 했다. 반복이 아니라 호흡으로.

"정지훈. 네가 부르면, 나는 듣고 있어."

윤곽은 조금 더 진해졌다가, 다시 흐려졌다. 바람과 빛의 경계에 기대어 서 있는 소년의 기척이 얇은 종이처럼 뒤집혔다. 완전한 귀환이 아니다. 그녀는 알고 있었다. 오늘 여기서 할 수 있는 최선은 부르는 것 그리고 듣는 것. 그러면 내일도, 모레도, 이 얇은 통로가 계속 새겨질 것이다.

"나영아, 고마워."

윤곽이 아주 잠깐 고개를 드는 듯했다.

"말하지 마. 너의 숨을 아껴. 나는 계속 부를게."

그녀는 한 호흡마다 이름을 붙였다. 길게 뻗어나가다 사라지는 숨, 다시 돌아와 붙는 숨. 이름이 호흡이 되고, 호흡이 이름이 되었다. 억새는 그 리듬에 맞춰 물결쳤다. 석호는 고개를 낮추어 등 뒤의 바람을 더 깊숙이 끌어당겼다.

한참 뒤, 윤곽은 바람에 실려 서쪽으로 조금 물러났다. 나영은 손바닥만 한 노트 조각을 석등 아래에 남겼다. 정지훈. 오늘, 들었다. 그녀는 그것으로 충분하다고 자신을 다독였다. 이름은 종이에 못 박히는 게 아니라, 계속 불린다는 사실로 살아남는다. 돌아서는 발뒤꿈치가 마른풀을 살짝 밟았다. 그 바스락거림이, 마치 답장처럼 멀리 떠나갔다.

이름을 훔치는 그림자

발행일 | 2025년 11월 26일 초판 1쇄
지은이 | 이성엽
펴낸이 | 장영훈
펴낸곳 | (주)이츠북스
책임편집 | 고은경
편집 | 김영경, 주순옥, 이현아
마케팅 | 남선희, 최지민, 김정빈
디자인 | 디자인글앤그림

출판등록 2015년 4월 2일 제2021-000111호
주소 | 서울특별시 강서구 화곡로 416, 1715~1720호
대표전화 | 02-6951-4603
팩스 | 02-3143-2743
이메일 | 4un0-pub@naver.com

홈페이지 | www.4un0-pub.co.kr
SNS 주소 | 페이스북 www.facebook.com/saungonggam
　　　　　　인스타그램 www.instagram.com/saungonggam_pub
　　　　　　블로그 blog.naver.com/4un0-pub

ISBN | 979-11-94531-24-1 (43810)

※ 이 책은 저작권법에 따라 보호를 받는 저작물이므로 무단 전재와 무단 복제를 금합니다.
※ 이 책 내용의 전부 또는 일부를 사용하려면 반드시 저작권자와 사유와공감의 허락을 받아야 합니다.
※ 잘못되거나 파손된 책은 구입하신 서점에서 교환해드립니다.
※ 책값은 뒤표지에 있습니다.

사유와공감은 (주)이츠북스의 출판 브랜드입니다.

사유와공감은 독자 여러분의 책에 관한 아이디어와 원고 투고를 기쁜 마음으로 기다리고 있습니다. 책 출간 아이디어가 있으신 분은 이메일 **4un0-pub@naver.com** 또는 사유와공감 홈페이지 '작품 투고'란으로 간단한 개요와 취지, 연락처 등을 보내 주세요. 여러분을 언제나 응원합니다.